U0690370

筑梦学苑

——回忆枣师和翔宇翼云中学的生活

宗镇涛 著

中国商务出版社
CHINA COMMERCE AND TRADE PRESS

图书在版编目（CIP）数据

筑梦学苑：回忆枣师和翔宇翼云中学的生活 / 宗镇
涛著 . -- 北京：中国商务出版社，2021.4
　　ISBN 978-7-5103-3782-6

　　Ⅰ . ①筑… Ⅱ . ①宗… Ⅲ . ①小说集－中国－当代
Ⅳ . ① I247

中国版本图书馆 CIP 数据核字 (2021) 第 068828 号

筑梦学苑——回忆枣师和翔宇翼云中学的生活
ZHUMENG XUEYUAN——HUIYI ZAOSHI HE XIANGYU YIYUN ZHONGXUE DE SHENGHUO

宗镇涛　著

出　　　版：中国商务出版社
地　　　址：北京市东城区安定门外大街东后巷 28 号邮编： 100710
责任部门：数字出版部（010-64243016）
责任编辑：汪　沁
总 发 行：中国商务出版社发行部（010-64515150）
网　　　址：http://www.cctpress.com
邮　　　箱：349183847@qq.com
排　　　版：德州华翔广告有限公司
印　　　刷：北京密兴印刷有限公司
开　　　本：710 毫米 × 1000 毫米　1/16
印　　　张：13.5　　　　　　　　　字　　　数：161 千字
版　　　次：2021 年 4 月第 1 版　　　印　　　次：2021 年 4 月第 1 次印刷
书　　　号：ISBN 978-7-5103-3782-6
定　　　价：45.00 元

新新弟圆梦

我和新新弟从小经常在一块玩耍。上小学的时候，我们俩一放学做完作业就在我家门口的石磨前面玩各种各样的游戏，像弹溜溜子、开玩具车、打扑克、捉迷藏……那一段时光让我终生难忘。

后来，新新弟去枣师求学，经过不断的努力读书，他的写作水平非常的高。我从阅读《筑梦学苑——回忆枣师和翔宇翼云中学的生活》这本书里面受益匪浅。新新弟善于描写日常生活琐事，从而告诉读者深刻的道理。例如《王湾村的恩怨故事》中的第四章，新新弟写牛花和帅哥老师两个人通过自己不断的努力，从而走向崭新的天地，作为生活中的人们都应该活出自己的样子，万万不可颓唐；例如《迟到都怨自己》，新新弟通过自己一天早晨的迟到告诫读者要有时间观念；例如《赵李羡慕魏刘》，新新弟运用对比的手法告诉读者处在自身位置上要讲求方式方法……

我最后衷心祝愿新新弟出完书以后的人生更加灿烂、辉煌。

文 / 韩进朝

谦和忠厚识镇涛

因缘际会与镇涛结识于薛，潜意识中便有浓浓的好感，这就是所谓的一见如故吧！

时光荏苒，与镇涛的友谊越来越深厚。表面高大壮硕的他心中却怀有太多的柔情，心细如发、诗礼通达，恰如兔城漫山的无名小花，平淡而芬芳。

他是个难得的忠厚人，这大概是得益于其幼年时代祖姥姥、爸妈、亲戚的耳濡目染，或是其学生时代、入职后个人修养的提升。平直的话语，平直的性格正是其可贵的人格魅力所在。热爱生活的镇涛能在文海中给我们留下诸多平凡生活的感悟，令人起敬。

镇涛是学生们的良师，是生活中的益友。唯愿其百尺竿头更进一步！

文 / 颜政恒

文绉绉的镇涛弟

我和镇涛弟结识于薛，他讲话文绉绉的，所以我觉得他不一般。

随着时间的推移，我和镇涛弟的感情越发深厚。前段时间得知他即将出版发行《筑梦学苑——回忆枣师和翔宇翼云中学的生活》，我打心里面佩服他的才思敏捷。

镇涛弟因热爱阅读经典书籍，因对生活无比热爱，所以他才能在写作中尽情地放飞自我，这正所谓只有"读万卷书，行万里路"才能写出精彩的文章。

我由衷地希望镇涛弟今后的人生更加精彩。

文／孙彬彬

恭喜新新弟

　　新新弟小时候活泼可爱，热爱读书，课内课外的一些经典诗词，一些经典文段，他都背诵得滚瓜烂熟，这为他如今写好文章打下了深厚的根基。

　　我前些时日听新新弟说写了一本《筑梦学苑——回忆枣师和翔宇翼云中学的生活》即将出版发行，打心里为他感到骄傲和自豪。

　　我希望新新弟以后继续博览群书，争取写出更多精彩的华章。

文／韩娟

前言
Foreword

　　《筑梦学苑——回忆枣师和翔宇翼云中学的生活》这本书里面收录的文章是我在枣师毕业以后直至在翔宇翼云中学工作期间所创作的。

　　本书有七篇小说，我每一篇都精心建构。《方晓用心教书育人》《一句暖话》《细心做事》《赵李羡慕魏刘》这四篇小说是以自身和身边同事、领导为原型继而进行创作的教育类小说；《回忆枣师生活》《回忆翔宇翼云中学的生活》这两篇小说是以我自身所经历的事情为原型继而进行创作的成长类小说，本书的名字就是从这两篇小说的名字里面提取的；《王湾村的恩怨故事》这篇小说是以兔城镇王家湾这个村子及亲人、同事、街坊四邻、我为原型继而进行创作的乡土小说，这篇小说里面既有家长里短、儿女情长，又有对优秀人物的称赞。我希望广大读者读后能得到一些启示。

　　本书有八篇散文，我诠释了生活的酸、甜、苦、辣；本书有五篇日记，我诠释了长辈、同学对我的关心，我对逝去祖姥姥①的思念；本书有三篇随笔，我诠释了努力奋斗的人生才精彩；本书有一首诗歌，我诠释了母校在我心中的重要性。

　　我由衷地希望此书能够滋润读者的情感世界，从而获得人文熏陶。

作　者

2020 年 12 月 30 日

---

　　① 祖姥姥：特指妈妈的奶奶。

目录
Contents

第一篇
——小说篇

赵李羡慕魏刘

赵李小时候生活在外婆家，他经常跟着外婆去山地里捉蚂蚱、拔野菜。

魏刘小时候生活在奶奶家，她经常一个人待在家里看电视。

赵李在就读小学期间，他经常下午一放学就喊要好同学去学校操场上踢足球，赵李每次都拼抢得大汗淋漓，他心里感到无比快乐。

魏刘默默无闻地读完小学，她紧接着在奶奶家附近的初中读书，魏刘经常下午一放学就约上几个要好同学去学校餐厅后面玩跳皮筋，她每次都跳得非常开心。

赵李的小学生活很快就结束了，他被父母送到县城初中读书。赵李在县城初中就读期间，他的各科作业都做得马马虎虎，各科老师经常叫赵李去办公室改正作业上的错误。

赵李和魏刘在同一年中考，他俩的中考成绩都压在高中录取分数线上。赵李的爸爸送他去读师范，等赵李毕业以后好当老师；魏刘的爸爸送她去读高中，看看魏刘以后还有没有机会考上大学。

赵李在就读师范期间，他每天（假期、考试除外）都加班加点在学校图书馆看书学习。赵李经常在报纸杂志上发表一些文章，班里同学都很羡慕他的文采。

魏刘在就读高中期间，她的各科成绩都很优秀，班里有一些同学

经常向魏刘请教难懂的几何题，她总是很耐心地帮助他们解决问题。魏刘在高三上学期，她竟然暗恋班里一位文质彬彬的男生，魏刘偷偷往他的桌洞里面塞了三封情书，她却得不到那位男生的回信，魏刘有点伤心。

魏刘在高考前的一个周六，她独自去银座闲逛。魏刘走进李宁专卖店时，她正巧看见那位男生正在试穿一双新鞋，这可把魏刘高兴坏了，她慌忙夸那位男生试穿的那一双新鞋真大气，那位男生听魏刘说完便慌忙把自个儿试穿的那一双新鞋脱掉放在了鞋柜上，继而匆忙穿上自个儿的那一双特步鞋离开了李宁专卖店。那位男生的举动让她感到很失望，于是魏刘在心里发誓一定要考一所重点大学给那位男生看。

赵李从师范毕业以后便应聘到翔宇翼云中学教七年级语文，他在翔宇翼云中学所教班级学生的语文成绩不尽如人意。校长三番五次找赵李谈话，要求他在语文课堂上一定要管理好学生，切忌让一些调皮捣蛋的学生窃窃私语说话，切实提高学生的学习效率。

功夫不负有心人，魏刘考上一所名牌大学。那位男生竟然高考失利，他只能复读再考大学。

魏刘在名牌大学学习非常刻苦，她每周双休日都去肯德基快餐店打零工。英语系有许多帅小伙特别喜欢魏刘，他们便接连不断地给她送厚礼，魏刘全都拒绝了。

魏刘在名牌大学毕业以后便应聘到翔宇翼云中学教七年级英语，因为她平时对学生的管教太过严格，所以班里有个别学生不喜欢学习英语。魏刘在第六周周三下午上完第一节课正想去教室后面辅导小石同学的英语训练案时，教室后面竟然有一位男生走到她面前说："小贱货，你以后要是再给我发那么多张英语训练案让我做，我立马去校长室告你对我实施强压，他好扣你工资，不让你好过。"魏刘听那位男生说完气得扇了他一巴掌，那位男生指着她说："你这个泼妇，你以后给我布置的英语训练案，我这辈子都不会写。"那位男生说完以后便气冲冲地跑出教室。

魏刘回到办公室哭完以后，她紧接着又去教室把刚才那位说她的男生叫到了办公室。魏刘用温和的语气对他说："乖孩子，我以前给你发那么多张英语训练案让你做的目的就是想让你提高英语成绩，回到家好受到父母表扬，你作为一名优秀生，你应该能理解我的一片苦心。"那位男生听她说完便红着脸说："对不起，魏老师，我刚才不该对你说那么难听的话，我以后会努力学习英语，争取每次在英语测试中都能考一个出色成绩报答你。"魏刘听他说完紧接着说："好孩子，老师相信你一定能够说到做到，你现在回教室认真听你地理老师讲课吧！"那位男生听她说完便匆忙跑去教室听地理课。

赵李和魏刘两个人坐对桌工作了一个学期，他们两个人经常交流班级学生的学习状况。赵李曾在班级学生第二次月考临近之时问魏刘："魏姐，你最近上咱班英语课时，咱班学生表现得怎么样？"她笑眯眯地对他说："赵弟，咱班学生最近在英语课上都积极踊跃回答问题，可是我在批改他们的英语训练案时发现他们做题马虎。赵弟，你今后要是让他们做语文训练案，你可得嘱咐他们认真做题。"赵李听后慌忙对魏刘说："谢谢魏姐指教。"她听后紧接着说："赵弟不用客气。"……

魏刘因英语教学业绩突出，她连续六个学期被校长评为"优秀教师"，赵李非常羡慕魏刘所取得的荣誉。

赵李因语文教学业绩太差，他有一天被校长解聘，赵李回到租住房非常难过地哭了一夜……

2016年7月3日

回忆枣师生活

我的中考成绩不太理想，爸爸没有让我就读高中，他在九月三号开车送我去枣师读书。

枣师是一所全日制师专学校，爸爸在开车送我去枣师的路上对我说："儿子，我听你舅说枣师曾培养出许多名师，他们在各大中小学校都尽职尽责地教书育人，我希望你以后也能像他们一样成为一名出类拔萃的人民教师。"我听他一说完就十分憧憬枣师生活。

爸爸把车开进枣师，我一下车就和他一起围着枣师校园转了一圈，枣师校园有体育馆、图书馆、方楼、铁楼、礼堂楼、教学楼、男女宿舍楼。我根据枣师今年制定的新生报到流程，首先去体育馆交费，然后去宿舍找床位，最后去班级里报到。

我和爸爸一起走进体育馆，里面人声叽叽喳喳，像鸟雀们在啼叫。我们爷俩等了有一个多小时，终于轮到我交费了，我被枣师领导分到087班，班主任是一位姓商的老师。爸爸给我交完各项费用，我便领取一些床上用品，我们爷俩被枣师领导带去宿舍找床位。

宿舍楼有四层，枣师领导把我们爷俩一带到二楼最东头宿舍门口，他就给我们爷俩指宿舍门棱上贴的那张床位表，枣师领导让我们爷俩赶紧进宿舍找床位，他紧接着离开忙其他事务去了。我看宿舍里面的每一个床位都已贴好名字，枣师领导把我分在下床，我的床前放有一张长桌，长桌上摆有一盏台灯，长桌上贴有"每晚读书两小时，幸福长久一辈子"，长桌两侧各放四个凳子，他可能怕学生夜里躺在床上看书伤眼睛，枣师领导想得真是周到！

爸爸帮我铺完被褥坐在床前凳子上正玩手机时，忽然走进来一位中年妇女和一名学生，中年妇女两手抱着被子和被褥，学生紧跟在她身后背着书包，中年妇女首先开口问他："大兄弟，你们爷俩来宿舍有多大会儿了？"爸爸抬起头说："大姐，我们爷俩刚来宿舍一小会儿，我刚帮俺儿铺完床，你们需不需要我们帮忙？"她慌忙回应道："大兄弟，我们娘俩不需要你们帮忙，俺家二赖子既然和你儿分到了同一个宿舍，他俩以后可得搞好团结。"他听中年妇女那么一说便紧接着让我和二赖子亲切握手。

不知不觉中，晌午已经来临，爸爸开车拉我去枣师外面的如意餐馆吃午饭。他在吃午饭时对我说："儿子，你得尽快适应枣师的学习生活，咱可不能给家里人丢脸。"我听爸爸说完忙向他保证："爸，你请放心，我在枣师一定会刻苦学习，决不让家里人对我失望。"

我和爸爸一块有说有笑地吃完午饭以后，他因下午有急事，爸爸开车把我送到枣师门口就离开了。我回宿舍睡醒一觉才去087班报到。当我走到教室门口喊了一声报告时，商老师请我进去，他随即把我安排到最后一排靠窗座位上。

教室里面摆满课桌，课桌下面放着凳子，讲台两侧各放一盆牡丹花，黑板上方悬挂着"气有浩然，学无止境"，教室四周张贴一些名言警句——"书山有路勤为径，学海无涯苦作舟""不经一番寒彻骨，怎得梅花扑鼻香""路漫漫其修远兮，吾将上下而求索""横眉冷对千夫指，俯首甘为孺子牛"。

087班同学都陆续喊完报告走进教室，商老师在下午五点开始点名，我听女生答到的占了大半壁江山，男生却只有十四人。他一点完

名就开始让班里每一位同学做自我介绍，轮到我做介绍时，我因过于紧张，说话磕磕巴巴，名字也说反了，班里同学都笑出了声，商老师慌忙说："小宗老师，你以后讲话一定得利索得体，咱将来好立足于社会。"

商老师在087班全体同学做完自我介绍后笑着说："各位小老师们，咱既然从四面八方聚到枣师，那就应该好好珍惜彼此之间的缘分；各位小老师们，咱既然怀揣梦想来枣师就读，那就应该好好学习，以后好找一份体面工作。"他的话音刚一落下，087班全体同学都给商老师报以热烈掌声。

我本以为087班的学习氛围会很浓厚，但我经过一段时间观察发现087班有一部分同学与其说是来枣师就读，不如说是来枣师混日子，他们每天都坐在教室座位上把手机藏在书本里玩得津津有味。枣师领导竟然不让商老师代087班的课，他只是班会课去一趟教室，其他时间商老师任由087班同学自由发展。

我在枣师就读时最爱听中国文学老师在课堂上给087班同学讲大量文学知识，他时不时地还在课堂上穿插给087班同学背诵一些经典诗词。记得中国文学老师有一回在课堂上刚讲完白居易的《长恨歌》和《琵琶行》，他紧接着把古诗原文一字不落地给087班同学背了下来，087班同学听中国文学老师背完以后都热烈鼓掌，于是我在心里暗暗发誓："我今后也要把《长恨歌》和《琵琶行》背诵下来。"

我在枣师就读期间所参加的每一场考试的考试成绩在级部里面总是遥遥领先于其他同学，商老师看我学习成绩出类拔萃，他在我就读枣师的第二年伊始便在枣师图书馆给我办了一张阅览卡，那我就可以每晚（参加文艺活动和休息日除外）都能去枣师图书馆看书了。（我要是没有阅览卡，每周只能在枣师图书馆管理员规定的时间去一次，因为枣师学生实在太多，枣师图书馆实在太小）

记得我持阅览卡在枣师图书馆看书的第二天晚上，当我看完书给枣师图书馆管理员说再见时，他竟然用两眼瞪我，我全然不知枣师图书馆管理员为什么会这样？

记得我持阅览卡在枣师图书馆看书的第四天晚上，当我看完书给枣师图书馆管理员说再见时，他竟然对我说："小伙子，你从明晚开始只能在枣师图书馆看两个小时书，你只要看书超时，你以后就别过来了。"我看枣师图书馆管理员一脸不悦，我没敢问他为什么？

我每晚从枣师图书馆出来途经方楼前的梧桐树底时，总会看到一只大白猫倚靠在梧桐树主干上打盹，它一听见我的脚步声从它跟前经过时，大白猫立马站起来喵喵地叫两声，我慌忙停下脚步对它回复道："小猫咪，晚上好，你该回家睡觉了，明天好早起晨练。"大白猫又喵喵地叫两声。

我每晚从枣师图书馆一回到宿舍就看舍友们坐在长桌两侧打牌正嗨，有时我在临睡时规劝道："各位大哥，你们晚上坐在台灯底下打牌时间长了对眼睛不好，你们也赶紧休息吧！"二赖子闲我多管闲事，他让我赶紧闭眼睡觉。我有时躺在床上听他们的说话声音实在太吵，我只好把头缩进被子里睡觉。记得有一晚我睡在被窝里实在忍无可忍，我慌忙起身坐在床上对他们说："各位大哥，你们大晚上的别再打牌了好不好？影响我休息。"二赖子听我说完，他转身揪着我的头发说："你这个小屁孩竟然闲我们打牌，咱宿舍六个人就你搞特殊，少数服从多数，你要是有意见，赶快搬别的宿舍去住，否则的话，别再吱声，不然的话，我们五个人一起揍扁你。"我听二赖子说话有些刺耳，我一下把他推倒在地，我慌忙下床穿拖鞋往宿舍外面跑，二赖子竟然用双手抱住我的左腿，我使劲挣脱，也没有跑掉，我们两个人便在宿舍里面厮打起来，其他四个人都替他打抱不平，他们每人踢我一脚，我一下子趴在地上，浑身上下酸痛不堪。二赖子问："小屁孩，你还嫌

我们打牌吗？"我先没理他，二赖子又踢了我一脚，我只好说："你们打吧！"我慢慢从地上爬起来回到床上睡觉，那一晚，我恨死了他们。

我自从和二赖子打完架，我有时晚上在教学楼东面没有门的仓房将就睡觉。他们有时晚上看我不回宿舍睡觉便通宵打牌，宿舍地上扔满烟头。

我在枣师就读期间，二赖子经常在我背后胡言乱语。记得有一回我刚吃完早饭走进教室坐在位上准备背诵古诗文时，他竟然在我身后不远处对别人大声说："大姐小妹们，你们不知道新新（我的小名）有一件大丑事，他三番五次偷翻枣师围墙去外面和张老师家的小姐谈恋爱，我想他俩应该快有孩子了。"那群女生听二赖子说完，她们都纷纷议论起来，有一位女生竟然明目张胆地走到我身后说："唉！我万万没想到新新竟然那么低俗，他平时坐在教室里竟然假装高雅，我现在就想呕吐。"我听她说完本想起身扇她脸，可又一想，我一个人势单力薄，可不能跟小人一般见识，我只好跑出教室背诵古诗文。

《长恨歌》和《琵琶行》篇幅较长，我截取了好几个片段便一一背诵。当我把《长恨歌》和《琵琶行》背诵得滚瓜烂熟时，我有一天上午做完课间操特意去中国文学老师办公室找他背诵《长恨歌》和《琵琶行》，中国文学老师听我背完《长恨歌》和《琵琶行》便笑着对我说："小宗老师，你能把这两篇经典长诗背诵下来，我打心里佩服你，咱可不能骄傲自满，你以后还需背诵更多经典诗词积聚知识。"我听他说完便点点头离开中国文学老师办公室。

每当到了学期末考试快要来临时，087班总有一部分男女生拿东西贿赂我，他们求我在考试时用手机给他们传中国文学试题答案，我每次都对这事超级烦感，所以我果断拒绝087那一部分男女生的请求和贿赂，他们都说我是小气鬼。

记得二赖子有一回在我请假没参加期末考试的情况下，他竟然一下子在级部里考了第一名，087班有许多同学都对二赖子啧啧称赞，他在新学期第一天上午下了第一节课竟然走到我跟前说："老宗，我上学期天天不学习，我期末考的分数竟然比你高，你每天学习管嘛用，你不如回家看孩子得了。"我听二赖子说话很刺耳，我慌忙起身照他的脸扇了一巴掌，二赖子紧接着对班里其他同学大声说："老宗这个贱货真是欺人太甚，他今天下午要是不给我赔礼道歉的话，他以后别想有好日子过。"我听他说完刚想再给二赖子一巴掌，087班班长却走到我俩身边询问怎么回事？他一看情况不妙便慌忙跑出教室。我把二赖子刚才说我的刺耳话向087班班长学了一遍，她听后奉劝我："小宗，二赖子以后要是再在你跟前说不着调的话时，你就当他说得是屁话。"我听087班班长那么一说便点点头。

枣师毕业的日子一天天临近，二赖子周四下午坐在教室一抄完别人的毕业论文就去我跟前炫耀他自个儿很优秀，我听后慌忙给二赖子竖起了大拇指，他却问我："老宗，你竖大拇指什么意思？"我笑着说："小二，你的毕业论文完成的可真快，我打心底认为你很棒。"二赖子紧接着说："老宗，我听别人说你现在写的毕业论文和我写的一样，你竟然敢剽窃我的智慧，我想咱俩得在五·一前一天中午十二点去操场西北角的古松下面单挑，你要是把我撂倒的话，我再重新写一篇毕业论文。"我听他说完非常生气，于是我附和道："小二，既然你提出想和我单挑，那我俩就五·一前一天中午十二点在操场西北角的古松下面不见不散。"

二赖子在单挑前一周找人把我的铺盖搬到了三楼最西头宿舍，这个宿舍一共有五个人，他们每天晚上都抱着手机打游戏。有一位男生问我会不会？我只好摇摇头。记得有一晚我在枣师图书馆看完书刚走到宿舍门口时，我听有人在宿舍里面大声说："大哥小弟们，老宗可不是一只好鸟，他以前住在俺宿舍像一个小皇帝，衣来伸手，饭来张

口，我有时服务的不到位，他竟然骂我是废物，我实在忍无可忍才把老宗送过来让你们好好调教一下，他对你们怎么样？"有一位男生回复道："赖子哥，小宗自从搬进俺宿舍，他每天都扫地、拖地、打热水，有时小宗还给我们买零食吃，难道他是故意做作？生怕露出什么破绽。"他紧接着大声说："小弟，老宗这人特会伪装，你千万别以为他人好，我放在皮箱里的钱少了好几次了，老宗出生在破破烂烂的农村，小偷小摸的习惯很难改变，你可得看紧他。"我听二赖子说得更不着调便慌忙走进宿舍，他一看我走进宿舍便撒腿跑了出去，那五个人的眼睛都紧盯手机游戏，他们根本不把我放在眼里。

　　记得有一晚我和平常一样去枣师图书馆看书，枣师图书馆管理员竟然换成一位中年妇女，我给她打完招呼并出示完阅览卡便去书架前拿书阅读，两个小时一到，我慌忙起身离开。当我走出枣师图书馆没多远时，中年妇女竟然在我身后喊等一下，我转头看她从花布褂兜里掏出一张对折好的白纸送给我，我双手接过那张对折好的白纸便慌忙转头继续往宿舍走去。我一走进宿舍就把那张对折好的白纸放进了行李箱。紧接着我往脸盆里面倒热水泡脚。我刚泡完脚穿上鞋正想去卫生间泼洗脚水时，舍友竟然你一言我一语地说："小宗弟弟，你最近手气不错，你给我买的冰红茶接连中再来一瓶；小宗弟弟，你最近运气不错，你写的随笔接连在枣师校报上发表；小宗弟弟，你最近心气不错，你写的钢笔字在全体枣师学生当中荣获一等奖；小宗弟弟，你最近底气不错，你的说课获得枣师领导一致好评；小宗弟弟，你最近福气不错，你的心上人每晚都对你嘘寒问暖。"我听他们说完紧接着说："各位大哥，冰红茶、随笔、钢笔字和说课是事实，我现在可没心上人，你们千万别听个别小人胡说八道。"谁知我的话音刚一落地，二赖子竟然走到我身边说："老宗，你这个人可真会伪装，我刚才明明看见枣师新上任的图书馆管理员给你送情书，你刚刚竟然说没有心上人，这真是扯淡，你这个小鲜肉是咋挂上人家花姑娘的？教教我呗！"我听他一说完就立刻火冒三丈，我起身照二赖子的脸扇了一巴掌，他用左脚踢了一下我的右腿，我一下子跪在地上，二赖子又用双拳重重地捶了两下我的后背，当时我就号啕大哭，他竟然还用左手指着我说："老宗，你今天又动手打我，我的脸不知被你扇过多少次了，我以前从没跟你计较过，我今天揍完你，你可得长记性，省得下回手还贱。"二赖子说完话时，舍友们竟然没有替我说一句公道话，我真的好痛心！

　　我和二赖子单挑的日子到了，那天中午我准时站在操场西北角的古松下面等候他。我等有很长时间还没看到二赖子的身影，我刚想跑去宿舍喊他，087班班长竟然从我身后冒出来说："小宗弟弟，我即将在枣师毕业，我来枣师这五年没有用功学习，我现在很后悔。"我听087班班长说完紧接着说："美女姐姐，你现在既然意识到学习的重要性，那就抓紧一切时间学习，争取在枣师一毕业就聘到理想岗位上工作。"谁知我的话音刚一落地，二赖子竟然带两个105班的毛头小子来到我身边，我忙把长裤脱掉扔在地上准备和他单挑，087班班长慌忙用右手指着二赖子的额头说："小赖皮，你整天吃喝玩乐，不学无术，你对得起父母的辛勤付出和殷切期盼吗？你今天带人过来是不是想打架？你要是撂不倒我，你不是男人，你是小人。"他听087班班长说完气得用手直挠头，我在心里特高兴。正当我以为二赖子会向我宣战时，他却跪在我身前对我说："小宗弟弟，我昨晚穿枣师校服带两个师弟偷翻枣师围墙外出上夜网时，我装在校服口袋里的钱竟然被小偷摸走了，我今早只好把手机压在了网吧里。当我从网吧出来途经一家超市门口时，我便邀师弟进超市偷东西，当我们三人偷完东西走到超市门口时，店长却把我们三人叫住，他把我们三人偷的东西全没收了。店长随后把我们三人的双手用绳子牢牢捆住，紧接着他把我们三人挨个抱进皮卡车车厢里，店长随后开车拉我们三人来枣师向校长汇报我们三人在他家超市偷东西的全过程。校长听后对我们三人的所作所为深恶痛绝，他让我带头写检讨，要是写不好，校长说不发给我毕业证和教师资格证。小宗弟弟，由于我来枣师这五年光贪玩了，所以我写检讨的水平实在有限，你讲我们曾是舍友，你就帮我写一份检讨吧！"087班班长听二赖子说完紧接着说："小赖皮，我万万没想到你竟然跪下求小宗弟弟办事，你既然知道自个儿错了，那今后一定得改邪归正。"我听087班班长说完紧接着说："赖子哥，咱既然来枣师读了五年书，那咱今后走出枣师校门必须得身正为范，我们以后才能在工作岗位上大放异彩。"他听我和087班班长那么一说便慌忙起身给我俩握手道谢……

二赖子在离开枣师的前一天，他开车拉我和前舍友去枣师外面的聚兴餐馆吃午饭。他们都在饭桌上说我在枣师就读这五年表现得很优秀，我却红着脸对他们说："各位大哥，小弟我在枣师就读这五年只是在学习成绩上比你们好一点，等我赶明儿在枣师毕业了，我还需你们多多指点为人处世。"二赖子听我说完紧接着拍了一下我的肩膀说："小宗弟弟，你可不要过度谦虚，你以后准能在工作岗位上干得红红火火，你到那时可别忘了请我们宿舍舍友吃大餐。"我听他说完随即笑着说："赖子哥，我以后要是在工作岗位上干出色了，我一定请舍友们吃大餐，你以后肯定也会在工作岗位上干得风生水起，你到那时可别把我们抛在九霄云外了。"二赖子听我说完紧接着给我碰了一杯白酒一饮而尽……

我在离开枣师的前一天，我邀请舍友去枣师外面的称心餐馆吃晚饭，紧接着又邀请他们去KTV唱歌，我们在KTV一直唱到凌晨两点才步行回枣师宿舍休息。当我回到枣师宿舍洗完脚时，上床舍友坐在我床上揽着我的肩膀说："小宗弟弟，我俩虽然相处时间不长，但我觉得你人特好。我有一天晚上发高烧，你慌忙背我去枣师医务室打针；我晚上爱在手机上打游戏，你经常劝我少壮不努力，老大徒伤悲。我在枣师读书这五年实在是对不住父母、老师和同学对我的殷切期望啊！"我听他说完紧接着说："大哥，枣师只是一个小课堂，你以后在社会那个大课堂中努力学习为时不晚，我希望咱俩以后都能事业有成！"上床舍友听我说完便点点头……

我从枣师毕业一回到家就帮妈妈掐起花椒，妈妈在掐花椒时，她浑身上下被汗水浸湿，妈妈都掐那么多年花椒了，她真是不容易啊！

记得有一天我吃完晚饭去平房顶帮妈妈装完干花椒便去书房阅读《平凡的世界》，书房外面忽然电闪雷鸣、风雨大作。我慌忙放下书本去关书房窗户。书房窗户外面一股凉意袭身，我慌忙去自个儿房间打开行李箱拿运动衣穿在身上。那张对折好的白纸再一次映入我眼帘，我在枣师毕业之前有好几次在行李箱拿衣服时想拿出那张对折好的白纸看一看里面到底写了啥内容，可是我怕看完以后心里郁闷，我在这一晚却抛掉一切杂念从行李箱里拿出那张对折好的白纸看了起来。

白纸里面写道：

"你好，帅小伙，我以前在枣师图书馆当管理员时，我为对你的不友好深表歉意。记得你持阅览卡背着书包去枣师图书馆看书的第一天晚上，我心爱的《史记》竟然在我办公桌旁的书架里一下子消失了，我当时很生气，只好强忍着。当我第二天一早去枣师监控室查看时，枣师图书馆里面的摄像头竟然坏了，我记得那天晚上就你一个人在枣师图书馆背着书包看书，所以我天真地以为你把我心爱的《史记》偷走放进你书包里面了。

今天我在枣师光荣退休了，俺儿回家请我去外地给他看孩子，我家大白猫竟然在我临走之前把我心爱的《史记》叼到了我手里，所以

我非常后悔以前怀疑你偷走了我心爱的《史记》。

因为我去外地太匆忙，所以我没捞着把这张致歉信送给你，我想发自肺腑地给你道一声："帅小伙，对不起。"我只好把这张致歉信让俺同事替我转交给你，我希望你以后能找一份好工作。

——枣师图书馆管理员

当我看完枣师图书馆管理员给我写得这张致歉信时，我为能在枣师认识他而深感自豪。

2016年8月7日

一句暖话

　　我在翔宇翼云中学上班的第二年便在学校西面的柴林小区租了一套毛坯房居住。我每天下午（周末、假期除外）从翔宇翼云中学下班回到柴林小区租住房就开始学习教育教学理论，争取以后能够考进公立学校上班。

　　我第二天早晨在学校指纹机上一签完到就开始投入到繁忙的工作中。首先我走进七一班教室看七一班同学在语文晨读时大声读书并背诵语文课本上带星号的文言文和古诗词。我在七一班同学的第一次语文月考成绩出来以后便在班里挑选五名小帮手。我安排他们在语文晨读还剩下十分钟时，检查我给他们每个人指定的同学背诵语文课本上两篇带星号的文言文和两首古诗词。他们在期末考试之前给我反馈的结果是，七一班那些被我指定的同学把语文课本上所有带星号的文言文和古诗词都背诵得滚瓜烂熟。我表扬他们做得真棒！我奖励他们每人一个记事本。我每天在语文晨读还剩下十分钟时，检查七一班那五位语文成绩较差的同学背诵语文课本上一篇带星号的文言文和一首古诗词。他们只会背诵每一篇文言文和每一首古诗词中的两三句话。我要求他们利用课下时间在练习本上多写几遍文言文和古诗词再想着背诵。渐渐地，他们按我说的去做便有了很好效果。他们在期末考试之前也把语文课本上所有带星号的文言文和古诗词都背诵得烂熟于心。

我很高兴地在期末考试之前的语文课上给七一班同学放了一场励志电影。然后我走进七一班教室给七一班同学上语文课时（考试除外），七一班同学都聚精会神认真听讲。我偶尔在语文课上提问七一班一部分同学回答问题，他们都回答得非常到位，这让我感到很欣慰。最后我在翔宇翼云中学临下班之前便在日记本上书写一篇教学日记，最终为一天的工作画上了一个圆满的句号。

转眼之间，我在学校西面的柴林小区租住的这套毛坯房快到一年期限了，我想换租一套离309公交站近一点的房子，回家坐车好更方便。于是我在山亭出租房网站上搜索一番，最终又在山亭银山小区租了一套简装修房居住。房主老大伯让我每个月交一次房租，我要是哪天不想居住时便可以随时搬到其他地方居住。

我在山亭银山小区租住房居住的第一个冬季，我住的房间特别寒冷。我开着电暖气、盖着大棉被睡觉时，我浑身上下依然不热乎。我只好在山亭香港街一家家具店买了一台挂式空调安在了我住的房间东墙上，我每晚打开空调以后才能安稳睡着觉。

农历冬月十八，大雪光临山亭。当大雪下完的第二天早晨，天空放晴了，路面却非常湿滑，我只好步行去翔宇翼云中学上班。当我走到翔宇翼云中学校门口时，我竟然踩在积雪上滑倒了。有一位走读生刚好走到我身边，他慌忙把我扶起来，我随即说："小弟，谢谢你。"那位走读生紧接着说："宗老师，别客气，我还用不用背你去学校医务室看看？"我回答说："小弟，我没啥事，谢谢你关心我。"他听我说完很开心地给我道一声"老师再见"便进入校门往自个儿班教室走去。我那天在翔宇翼云中学上班时的心情格外愉快！当我从翔宇翼云中学下班回到山亭银山小区租住房时，我顿时傻眼了。因为我住的是顶楼，楼顶上融化的雪水竟然渗到租住房上墙上凝结成水珠，水珠又滴到我睡的床铺上，所以我的铺盖被楼顶渗下来的雪水浸湿了。我在那一晚打开空调趴在租住房课桌上睡了一夜。第二天清早我睡醒起床忙抱着铺盖打开房门去楼顶上晾晒。

翔宇翼云中学每位同学每个学期有四次大型考试——两次月考、一次期中、一次期末。每当翔宇翼云中学每位同学的每一次大型考试成绩出来以后，学校领导都对一线教师进行量化评比。量化结果出来以后，有人欢喜有人忧愁。

有的班同学在各科考试中都发挥很好，各科老师的排名也数一数二。有的老师在课上奖给班级同学巧克力、棒棒糖；有的老师在课上给班级同学放一场励志电影；有的老师在课上自掏腰包奖给班级同学红包……有的班同学在各科考试中都发挥欠佳，各科老师的排名也糟糕透顶，这些老师在上课时便对班级同学数落一番。有个别班班主任在班会课上生气地说道："你们这群毛娃子真不争气！我起早贪黑辛苦地教育你们，你看你们这次考试考得一塌糊涂。咱班同学要是从今往后再不思进取的话，咱班将彻底沦落为乌鸦班了。"这个班同学听班主任说完都在心里面暗暗对自己说下一次考试一定得好好发挥。

我在楼下早点摊一吃完早饭就骑电动车去翔宇翼云中学上班。当我在学校的指纹机上签完到转头正想往八二班教室走时，我恰巧遇见八年级级部主任。八年级级部主任着急地对我说："小宗，你现在教的八二班学生在这次语文月考中又没考好，你平时得在语文课上严加管教他们，不然的话，你以后的语文教学成绩很难提高。"我听八年级级部主任说完紧接着说："杨主任，谢谢你善意提醒我，我今后在八二班上语文课时一定对同学们严加管教。"我说完紧接着往八二班教室走去。当我走到八二班教室门口时，我恰巧遇见校长，我慌忙停步给他打招呼，校长笑着对我说："小宗，你今后在八二班上语文课时，你可得管好八二班的调皮学生，否则的话，八二班全体学生的语文成绩在下次考试中很难提高，你的语文教学成绩会继续垫底。"我听校长说完

忙向他保证:"校长,我今后在八二班上语文课一定对班里调皮同学严加管教,争取让八二班全体同学在语文期末考试中都能考一个满意的成绩好回家过新年。"校长听我说完便请我进八二班教室看同学们在语文晨读课上大声读书……

我在当天下午第二节课的预备铃声打响时,从办公桌上拿一瓶矿泉水走出办公室往八二班教室走去。当我走进八二班教室把那瓶矿泉水放在讲桌上正准备讲课时,我听个别同学又在和同桌叽叽喳喳说话。我以前光顾着讲语文知识,我对八二班个别和同桌说话的同学不闻不问,时间长了,八二班个别同学一上语文课就和同桌没完没了地说个不停,他们根本不把我放在眼里。我因今天早晨刚受到校长批评,所以我今天下午要是不在八二班语文课上管理好八二班个别同学的话,我在下一次教学成绩排名中铁定又得稳坐倒数。于是我从讲桌上拿起那瓶矿泉水往讲桌前的空地上使劲一摔,我大声对八二班同学叫嚷道:"你们这群蠢货,我以往上课对你们特别温和,你们竟然不识好人心,你们这次语文的月考成绩又不尽如人意,咱班语文总成绩继续在八年级级部稳坐倒一;咱班还有个别同学一上语文课就知道张开臭嘴和同桌小声说话,谁以后要是再敢在我的语文课上小声说话,我立马让他滚出教室。"谁知小怪男在我的话音刚落地时便起身说:"有你这样当老师的吗?你自己不会管理课堂,不会教我们语文,你怎还好意思说我们班同学是蠢货、个别同学是臭嘴?我看你就是一只披着羊皮的狼,你平时在语文课上,那是在假装对我们好,你现在赶紧去校长室辞职吧!八二班同学不欢迎你。"我听他说完更加生气,我走到小怪男身边踢了他一脚,小怪男一下子坐在地上,他起身指着我说:"你有种给我等着,看我以后怎么收拾你?"我又照小怪男的胸脯捶了一下说:"小矮子,我等着就等着,看你以后如何收拾我?"他满脸带着怒气跑出教室,我却没有吩咐八二班其他同学去追小怪男,剩下一点时间我要求八二班同学从桌洞里面拿出钢笔字帖认真练写一下钢笔字。

小怪男自从上周六在语文课上和我吵完架以后，他最近五天在语文课上不和同桌小声说话了；八二班其他同学自从上周六在语文课上听我数落完以后，他们最近五天在语文课上的学习效率有了大幅度提升。

我和同事小李老师在周四下午第二节课正坐在办公室写备课时，忽然有一位学生家长气喘吁吁地跑进八年级语文组办公室说："两位老弟，请问哪位是教八二班的语文老师？他在上周六语文课上竟然敢打骂俺家孩子，我今天非揍扁他不可。"小李老师听后紧接着说："大哥，八二班语文老师现在正给八二班同学上课，你大老远跑过来先坐在办公凳上歇歇脚、消消气吧！等他过会儿进办公室再解决实际问题。"谁知学生家长听小李老师说完竟然跑了出去，我和小李老师感觉情况不大妙，我俩慌忙跑出去追他。

山亭在一周前刚降完大雪，周四下午又飘起了雪花。我这次为了不让楼顶雪水再渗到我睡的床铺上，我周四吃完晚饭专门拿方凳和铁锨打开房门去楼顶上，坐等雪停好用铁锨往楼角堆积雪。雪一直下到周五凌晨四点多才停下来，我慌忙用铁锨往楼角堆积雪。周五早晨，天放晴了。

当我和小李老师气喘吁吁地跑到八二班讲桌前时，我看八二班讲桌前有两位同学正蹲在美术老师身边给他揉捏左腿，其他同学都站在八二班后黑板前紧紧围住小怪男和他爸。于是我立马对小李老师说："李哥，你现在赶紧扶美术老师起身回他办公室消消气，等过会儿我带小怪男父子俩去他办公室给他道完歉时，我俩再一块离开。"小李老师听我说完便把美术老师扶了起来，小李老师紧接着小心翼翼地扶美术老师走出八二班教室往他办公室走去，那两位给美术老师揉捏左腿

的同学便起身往八二班后黑板前走去，他俩也加入围住小怪男和他爸的队伍之中。

我站在八二班讲桌前听小怪男大声说："爸，你今天下午真是犯浑了！我们班明明正在上美术课，黑板上还有一幅山水画，你一进教室就不问青红皂白地踢我们班美术老师一脚，这下咱家可来事了，美术老师要是有个三长两短，我们家就大笔大笔地往外掏钱吧！"他爸听后紧接着说："儿子，爸刚才在你语文老师办公室听其他老师说你们班上语文课，我来教室踢他想给他一个教训，省得他以后还揍你，现在你班黑板上不是有小石潭记四个字吗？"小怪男慌忙解释："爸，我们班上节课刚上完语文课，值日生下课忘了擦掉语文老师在黑板上写的小石潭记这四个大字了，美术老师在上课时也没擦掉。俺班语文老师在上节语文课刚给我们全班同学道完歉，他为上周六在语文课上对我们班同学口吐脏话感到内疚。俺班语文老师在上节语文课临下课时还特意走到我身边询问我的腿还疼不疼？他下了语文课还送给我两包火腿肠，他刚才的言行举止让我很受感动，谁知你今天下午竟然来八二班教室里闹事。爸，其实我上周也有错，我不应该在老师生气的时候说他不足，只是我在学校电话亭给你打电话的时候光对你说俺班语文老师在上课时打我。爸，咱爷俩过会儿得一块去那两位可亲可敬的老师办公室给他们赔礼道歉。"他爸听后立刻说："儿子，爸爸今天中午在家喝完酒来翔宇翼云中学八二班教室给你丢脸了，过会儿咱爷俩得一块去那两位老师办公室真心实意地给他们赔礼道歉。"站在八二班后黑板前紧紧围住小怪男和他爸的同学听他爷俩那么一说便报以热烈掌声。

下课铃声忽然打响，八二班班长慌忙说："同学们，谁要过会儿下操以后把咱班刚才发生的不光彩事情传到其他班，谁一辈子就是一个大王八。"站在八二班后黑板前紧紧围住小怪男和他爸的同学听八二班班长说完才陆续走出教室去学校操场上做课间操，小怪男请八二班班长给班主任捎个信说他爸来教室看他了，所以没去操场做课间操，八二班班长很爽快地答应了。

小怪男等八二班除他以外的同学都走出教室时，他忽然看见八二班教室就剩我一个人正站在讲桌前用左手托笔记本，右手拿笔在笔记本上写字，小怪男慌忙对他爸说："爸，现在正站在讲桌前写字的那个人就是我们班语文老师。"他爸听他说完慌忙走到讲桌前拍了一下我的肩膀说："老师，对不起，我因中午在家喝了点小酒，所以我下午来到翔宇翼云中学八二班教室里说话办事不怎么漂亮，你可别跟我这个糊涂蛋一般见识，敬请谅解。"小怪男紧接着也走到讲桌前拍了一下我的肩膀说："老师，对不起，我今后一定不在你的语文课上给你添乱了，我一定会在你的语文课上好好听你讲课，争取以后每次在语文考试中都能考一个令你满意的成绩。"我过了两分钟才抬起头对他爷俩说："大叔，小弟，对不起，我上周因八二班全体同学的语文月考成绩都考得太糟糕，才致使我在八二班语文课上发了一通火，所以导致小弟给我指正不足并挨了打。大叔，我刚写完一份检讨书，我现在给你过目一下。"

我在检讨书里面保证从今往后一定在八二班语文课上耐心教导学生，我决不在八二班语文课上用武力和脏话解决教学过程中遇到的棘手问题了。

他爸看完我写的检讨书又拍了一下我的肩膀说："小帅哥，你在检讨书里面勇于反思自己的错误难能可贵，你以后准能成为一名优秀教师。"我听他爸说完慌忙说："大叔，我今后一定会尽力而为。"

我说完紧接着邀请小怪男和他爸同我一块儿去美术老师办公室给他赔礼道歉，我们仨刚从八二班教室走出来，我的手机铃声一下子响起来，我慌忙从裤兜掏出来接电话，电话那头说："小宗，八一班班主

任今天下午有事给我请假了，你赶紧来学校操场看八一班学生做课间操。"我挂上电话忙给他爸解释："大叔，校长刚刚给我打电话安排我去学校操场看八一班学生做课间操，那我现在不能和你爷俩一块去美术老师办公室给他赔礼道歉了，敬请谅解。"他爸听我说完紧接着说："小帅哥，你现在赶紧去忙学校领导给你安排的重要事，你过会儿再去美术老师办公室赔礼道歉也不迟。"我听后便往学校操场跑去看八一班学生做课间操。

小李老师一边扶美术老师往他办公室走一边解释："大哥，你今天挨打这事都怪我。因为学生家长刚才气势汹汹地跑进俺办公室时，他直接问谁是八二班语文老师并说要揍扁他。我当时立马说八二班语文老师正在八二班上课。我原本以为我撒这个谎言能把他留在俺办公室让他先消消气，我和八二班语文老师好给他讲道理。我万万没想到他竟然敢跑进八二班教室踢你一脚，所以导致你替八二班语文老师重重挨了一脚。大哥，你要是左腿受伤的话，要不我现在开车拉你去山亭骨科医院包扎一下。"美术老师听后紧接着说："小弟，我左腿现在不疼了。要不你现在回你办公室安心工作吧！"小李老师听美术老师说完竟然离开了。

美术老师回到自个儿办公室越想越觉得委屈，他慌忙走出办公室给仁兄弟打电话请大哥赶紧去翔宇翼云中学校门口帮他揍人，仁兄弟听小弟一说完就立刻答应了。

我在学校操场看八一班学生做完课间操便回自个儿办公室喝水。当我在自个儿办公室喝完水时，小李老师恰巧从办公室外面走进来，我慌忙问："李哥，刚才来咱办公室的学生家长和他儿两个人去没去美术老师办公室给他赔礼道歉？"小李老师回答说："小弟，我刚才把美术老师扶到他办公室门口时，他让我回咱办公室安心工作了。我刚才在办公室写完一堂语文课的教案便走出办公室去了趟厕所。我这不刚从厕所回来，所以我不知道。"我听小李老师一说完就匆忙往美术老师办公室跑去。当我快要跑到美术老师办公室时，我恰巧遇见校长，我慌忙停步给他打招呼。校长问我："小宗，你下节上不上八二班语文课？"我回答说："校长，我下节不上八二班语文课。"他听后说："小宗，你既然下节不上八二班语文课，那你现在就随我去学校微机室帮我把微机室里所有的花都搬到我办公室吧！"我听校长一说完就爽快答应了。

当我跟校长走进学校微机室刚要帮他搬花时，校长忽然安排我今晚帮八一班班主任上八一班第二节语文晚课，他紧接着又特意安排我今晚还得帮八一班班主任查看八一班男女生宿舍晚熄灯之后的各宿舍人数，校长随后还要求我把查到的八一班各个宿舍人数用手机短信汇报给他。我听校长安排并要求完便立刻答应了。

当我帮校长搬完学校微机室所有的花回到自个儿办公室正大口喝水时，我听第一节晚课的预备铃声打响了。我喝完水慌忙从裤兜掏出手机正想给手机充电时，手机铃声一下响了，我接通电话便听电话那头说："小弟，我现在正站在翔宇翼云中学校门口等铁杆哥们一块去山亭饺子馆吃晚饭，你要是没有语文晚课的话，你也来翔宇翼云中学校门口同我们一块去山亭饺子馆吃晚饭吧！"我听美术老师说完紧接着说："大哥，我现在得去八二班教室给八二班同学上语文晚课，我实在是抽不开身，等我哪天有空的话，我一定请你们俩吃大餐。"谁知我的话音刚一落下，手机语音提示电量已剩百分之一了，我刚想在办公桌上找手机充电器好给手机充电，八二班语文课代表忽然跑进八年级语文组办公室喊我去八二班上语文晚课，我慌忙把手机往办公桌上一扔便给八二班同学上语文晚课了。

当我给八二班同学上完语文晚课时，累得我浑身上下大汗淋漓；当我帮八一班班主任上完语文晚课时，累得我坐在八一班讲桌旁的凳

子上歇息了好大一阵子才回办公室给手机充点电。

当我帮八一班班主任查完八一班男女生宿舍晚熄灯之后的各宿舍人数走到和顺楼楼前时，我把八一班各个宿舍人数用手机短信发给了校长。校长紧接着给我回复一句谢谢，我内心顿觉暖暖的。这时我的手机语音播报北京时间二十二点整，雪花依然还在飘落，我只好步行回山亭银山小区租住房吃晚饭。当我走到半路时，累得我上气不接下气，我只好坐在路边一棵松树下歇歇脚。当我起身向前正走着路时，八年级语文组组长恰巧骑山地自行车从我身旁经过，他慌忙下车同我一块儿往前走。八年级语文组组长紧接着对我说："小宗老师，八年级学生再过三周就该语文期末考试了，你在未来三周可得在语文课上盯紧八二班那几个调皮学生，可别再让他们在你的语文课上乱说话了，你这次要是再不把八二班学生的语文考试成绩提高上去，校长又得批评咱俩。"我听他说完立刻说："组长哥哥，你请放心，我在未来三周一定在我的语文课上对八二班那几个调皮同学严加管教，争取让八二班全体同学都能在语文期末考试中考一个满意的成绩好回家过新年。"八年级语文组组长听我说完点了点头。我俩在一个十字路口互说再见，随后各往自个儿的住所走去。

美术老师在周五下午一下班就去八年级语文组办公室喊我去学校篮球场打篮球，我很爽快地答应了。

美术老师在和八三班数学老师争抢篮球时，他的左脚崴了一下。我慌忙开车拉美术老师去山亭骨科医院做检查。检查结果出来时，医生说他的左脚踝严重受伤了，美术老师需要打石膏休养一段时间。

美术老师的左脚打完石膏，我扶他上了车。我开车把美术老师拉到他家楼下紧接着把他背回了家。美术老师坐在客厅沙发上请我坐下吃水果，他随后有板有眼地对我说："小弟，小怪男昨天下午第三节课带他爸走进俺办公室时，我正在办公室画简笔画，小怪男给我说了句老师对不起便慌忙跑了出去，小怪男他爸既诚恳给我道歉，又真心实意地给我解释为什么进入翔宇翼云中学八二班教室闹事。仁兄弟忽然给我打电话说开车顶到翔宇翼云中学校门口了，我匆忙挂上电话请小怪男他爸随我去翔宇翼云中学校门口谈点私事，小怪男他爸二话没说便和我一块冒雪走了出去。当我俩一块走到翔宇翼云中学校门口时，小怪男他爸竟然跟俺仁兄弟握手问好，我问小怪男他爸怎么认识俺仁兄弟？小怪男他爸说他俩是亲老表，我当时惊了一下。我紧接着把小怪男他爸在我给八二班同学上美术课时踢我那件事的来龙去脉给俺仁兄弟说了一下。仁兄弟随即劝小怪男他爸以后做事可得三思而后行，不然的话，会酿大祸。小弟，我昨晚给你打电话邀请你去山亭饺子馆吃晚饭，你说你得上语文晚课。小怪男他爸紧接着又给你打了两个电话，你的手机不知是怎么回事，竟然都处于关机状态。我们仨昨晚在山亭饺子馆一块吃了一顿和气餐。"我听美术老师说完紧接着解释："大哥，我昨晚在电话里跟你说完话时，手机很快关机了。八二班语文课代表忽然跑进八年级语文组办公室喊我去八二班上语文晚课，我就把手机扔在办公桌上便去八二班教室给八二班同学上语文晚课了。当我上完八一八二两个班的语文晚课回到办公室给手机充上电时，我给小怪男他爸回了电话。我在电话里对小怪男他爸说我以后会在我的语文课上尽心照顾小怪男，争取让小怪男的语文成绩越来越优秀。"他听我说完慌忙说："小弟，我看好你，你以后一定能把小怪男的语文成绩提高一个档次。"我听美术老师说完立刻说："大哥，谢谢你看好我以后能把小怪男的语文成绩提高一个档次。还有就是昨天下午你在八二班教室挨小怪男他爸踢一脚那件事都怪我前几天在语文课上教导学生不当所造成，请你多多包涵。"……我临走叮嘱美术老师好好养伤，等恢复好了，好去翔宇翼云中学上班。

小怪男自从我在周四那天下午的语文课上关心他并在课下送给他

两包火腿肠品尝以后，他对语文这门学科越来越感兴趣。小怪男经常周五放学去八年级语文组办公室问我借一些文学名著带回家阅读，我看他那么爱读文学经典，我心里感到无比欣慰……

转眼之间，大雪在农历冬月十八再度光临山亭。我从翔宇翼云中学下班回到山亭银山小区租住房做完晚饭便下楼给房主送租金。

我下楼走到房主家门口轻轻敲了三下门，房门里面给我开门的人竟然是小怪男，他慌忙对我说："老师，您请进。"……

2018年1月6日

回忆翔宇翼云中学的生活

新学期已经开学两个多月了，各科老师都有条不紊地进行教学。我最近对各门学科的学习都不感兴趣，真的想逃离翔宇翼云中学。

我周末在家吃完午饭便匆匆忙忙去公交车站等公交车返校拿东西。当我下公交车走到自个儿所住的宿舍时，舍友都还没有来到，我非常高兴地用床底下的大塑料袋装好被子就拎着它往学校门口走去。

我拎着大塑料袋坐在公交车最后一排座位上恰好碰到我的同桌。她问："小弟，你拎大塑料袋干吗去？"我笑着说："姐姐，我回家有点事，捎带把装在大塑料袋里面的厚被子拿回去，你坐车去哪儿？"她回答说："小弟，俺妈妈生病住院了，需要我照顾一周，我刚去班主任老师办公室请完假，我现在也坐车回家。"我听她说完便在心里默默地想："给班主任老师打个电话得了呗，要是换作我的话，我才不专门去学校见他呢！"……

走在回家的路上，晚霞映照着我稚嫩的脸蛋儿，我内心开始紧张起来，过会儿爸妈中的任何一个人打开院门看到我从学校又回家了，他们会不会生气呢？

我走到大门口，心跳加速，左手拎得大塑料袋瞬间掉在地上。我用双手拍了三下胸脯便开始敲院门，妈妈打开院门看到我竟然笑了。我慌忙往自个儿房间跑，怕她打我，竟然把大塑料袋丢在院门外面。

　　我闩上自个儿房间门失声痛哭。妈妈拎着大塑料袋走进堂屋站在我的房间门外面大声地安慰我说："好儿子，妈妈知道你在翔宇翼云中学学习很苦。你要想转到农村中学来读书的话，我不反对，可是你爸不答应。你现在别哭了，等他过会儿下班回来，我做一下他的思想工作。"我觉得妈妈说得不是真心话，我依然哭个不停。

　　我哭完以后便照了照镜子，两个眼圈都哭肿了。我刚想打开自个儿的房间门让妈妈走进来看看我，爸爸忽然站在我的房间门口对妈妈说："大刘，我今天中午和好友一块在饭店用餐时，他说他儿当下在枣庄三中读书。咱儿以后要是争气，他也能考进去读书。"我听爸爸那么一说便很害怕，爸爸现在要是看到我这副模样，不知会气成什么样？……

　　我在自个儿房间的床前来回踱步，爸爸的手机铃声忽然响起来，爸爸一接通电话，电话那头就开始说话了。爸爸听后说："刘老师，我今晚以为孩子在学校上课，他妈刚告诉我他在今天下午竟然偷偷从学校回家了，我赶明儿就送孩子回学校上课，谢谢刘老师在百忙之中关心他。"

　　爸爸一挂上电话，我就从自个儿房间走出来站到他身前。爸爸拍了一下我的左肩膀问："新新，你今天下午怎么从学校家来了？"我吞吞吐吐地回答："爸，我不想…在翔宇翼云中学…读书了，学校…管理的…太严了，我想转到…农村中学…读书。"爸爸听后竟然扇了一下我的脸说："浑蛋，翔宇翼云中学可是全县最好的初中，一般学生根本考不进去，你竟敢胆大包天地想转到农村中学读书，你的脑筋是不是被驴踢了？"我听爸爸说完无言以对，爸爸紧接着对我说："新新，我明天请两个钟头假送你去翔宇翼云中学继续读书。"我只好点点头听从了爸爸所说的话。

　　第二天一早，爸爸就敲我的房间门喊我起床。我磨磨蹭蹭地起床穿好衣服便打开房间门去吃早饭。妈妈在我吃早饭时叮嘱我："好儿子，你今后可别犯傻了。"我听后点点头。

我吃完早饭和爸爸一块走着去公交车站等公交车。爸爸坐在公交车座位上对我说："儿子，学习如逆水行舟——不进则退。"我坐在爸爸身边紧接着说："爸爸，儿子明白，你请放心。"……

我和爸爸一块走进七二班教室时，七二班教室竟然没有师生，他们这是去哪儿了？我只好坐在自己的座位上耐心等候他们。爸爸随后对我说："新新，我现在得赶紧回单位上班，你过会儿见到刘老师别忘了给他说一声我因工作太忙，所以没来得及见他，实在有些抱歉。"我听爸爸说完便立刻说："好的，爸爸。"

爸爸走后，我心里一阵冰凉。过了一会儿，七二班有一位同学手拿一张纸走进七二班教室。我慌忙问："姐姐，你这是干吗去了？"她回答说："我就是不告诉你。"

又过了一会儿，七二班其他同学都手拿一张纸陆陆续续地走进七二班教室。我怕再遭拒绝，便没敢问其他同学。

我起身正想去班主任老师办公室时，我不小心把自个儿桌上的茶杯碰掉了。茶杯掉在地上砰的一声摔了个跟头。班里同学都看着我，我的脸不由地涨红了。坐在我前面的同学忽然说："小宗这辈子完了。"他的话音刚一落地，惹得其他同学哈哈大笑。我气得火冒三丈，我用拳头狠狠砸了两下他的后背。其他同学都被我的举动吓呆了，没有一个人发出声响。他忽然急匆匆地往教室外面跑去，同桌慌忙跑去教室外面追他。我坐在座位上长叹了一口气。下课铃声忽然打响了，有一位舍友竟然来到我身边问："小弟，你昨天下午怎么把你床上的被子拿走了？"我回答说："大哥，天气渐渐热了起来，我的那床被子实在太厚。爸爸今天送我来学校时，他刚在校门口商店给我买了一床薄被子送进了宿舍。"舍友听后立刻说："小弟，你爸既然那么关心你，你以

后可得好好读书报答他。"我听后紧接着说:"大哥,谢谢你善意指教我。"舍友听后异常开心。

过了一会儿,同桌揽着坐在我前面的同学从教室外面走到我身边说:"小弟,大哥刚才因冲动说了一句不中听的话,你可得消消气,今后好全身心投入到学习中去。"坐在我前面的同学紧接着说:"小弟,哥哥刚才说你有点过分,请你原谅。"我听后慌忙说:"大哥,我刚才用拳头打你也不应该,请你原谅。"坐在我前面的同学听后便拥抱我说:"我们俩的情谊永远地久天长。"我听后便热泪盈眶。

又过了一会儿,第三节课的上课铃声打响了,班主任老师拿着英语课本走进七二班教室准备给七二班同学讲课。他一开口却说:"同学们,眼睛是心灵的窗口,咱班大多数同学的视力在这次测试中有些近视,我希望你们以后注意用眼卫生。"我听后立刻知道七二班其他同学在第二节课去其他地方测视力了。

班主任老师讲完英语语法特意走到我身边问:"小宗,你来七二班教室学习多久了?"我回答说:"刘老师,俺爸第二节课刚送我来七二班教室开始学习,他因单位有急事,所以俺爸没来得及去您办公室给您打声招呼,敬请谅解。"班主任老师听后笑着说:"小宗,你今后可得用功读书,好对得起你爸的良苦用心;你今后要是在学习中遇到困难,尽管去我办公室找我谈心。"我听后紧接着说:"好的,刘老师。"……

转眼之间,我已经十年没见班主任老师了。他周一上午第三节课在七二班教室对我的悉心教导,我永远也不会忘记。

2018年2月24日

细心做事

今早我走进办公室上班，看我办公桌旁放了一个麻袋。我走到麻袋旁解开系在麻袋袋口的红布条一看麻袋里面装有一床被子、一个枕头。我闲占用空间便找一位男生把那个麻袋扔进了垃圾池。

今天中午下了第二节课时，我去学校操场上观看八一班学生举行升旗仪式。由于昨晚下了点儿小雨，所以操场的沙土地上便存有多汪积水。虽然全体老师和学生的站队受到一点影响，但是当五星红旗冉冉升起的时候，全体老师和学生都对国旗行肃穆礼并大声唱国歌。

我观看完八一班学生举行的升旗仪式便回办公室看书。以前搭班同事忽然来我办公桌旁问我："小弟，俺哥前几天放在你办公桌旁的那个麻袋，你有没有看见被别人拿走？"我听她问完愣了一下才回答说："邢姐，真是对不住，我今早来办公室上班以为那个麻袋没人要了，所以我找一位男生把那个麻袋扔进了垃圾池。"以前搭班同事听我说完惊了一下，便慌忙说："小弟，俺哥因工作忙，他提前把被子和枕头装在那个麻袋里给俺侄子送学校来了。由于他记错了我的办公室，所以就把那个麻袋放在你办公桌旁了。我万万没想到你竟然找一名学生把那个麻袋扔进了垃圾池。俺侄子过会儿进宿舍该怎么午休？"我听她说完便立刻说："邢姐，要不你今天中午先让你侄子在教室午休，我过会儿一有空就去后勤办公室问后勤组长李老师找被子和枕头。等到下午我一定交到你手上，今晚好让你侄子正常休息。"以前搭班同事听我说完便走开了。

以前搭班同事一离开我的办公室，我立马起身去后勤办公室问后勤组长李老师找被子和枕头。当我走到后勤办公室门口时，校长恰巧从后勤办公室里面走出来。我慌忙给校长打招呼，校长用手指了一下我身后，我转头一看，不知是谁往地上扔一张白纸，白纸上面还有一个脚印，我慌忙捡起来揉成一团攥在手里。校长问我："小宗，你现在来这里有啥事？"我只好说："校长，今早我走进办公室上班看我办公桌旁放了一个麻袋，我以为那个麻袋没人要了，所以我找一位男生把那个麻袋扔进了垃圾池。谁知那个麻袋的主人刚才去我办公室问我看没看见那个麻袋里装的被子和枕头？我对她说我把那两样东西当作垃圾给扔掉了。那个麻袋的主人听我说完有点不高兴，我慌忙说偿还她被子和枕头。所以我现在来这里想进后勤办公室劳驾后勤组长李老师看看咱学校仓库里还有没有存留的被子和枕头。"校长听后说："小宗，你以后做事可得细心，你现在抓紧时间让后勤组长李老师看咱学校仓库还有没有存留的被子和枕头。学校仓库要是没那两样东西的话，你今天中午下班吃完午饭赶紧去学校外面的贵诚购物中心买被子和枕头，你得赶快还人家，人家晚上好休息。"我听后慌忙说："谢谢校长悉心指点。"

我走进后勤办公室看后勤组长李老师没在里面，我只好打电话问他："李老师，咱学校仓库里还有没有存留的被子和枕头？"李老师听后说："小宗，我正在男生宿舍换电灯泡，我中午进学校仓库看看。"我听后便挂上电话回办公室继续看书。

我吃完午饭又去后勤办公室问后勤组长李老师找被子和枕头，他人竟然又没在里面。我又打电话问他："李老师，咱学校仓库里还有没有存留的被子和枕头？"李老师听后说："小宗，我正在女生宿舍安水龙头，我过会儿进学校仓库看看。"

我听后便挂上电话琢磨："后勤组长李老师过会儿要是再接我打的电话时，他如果再找其他借口不进学校仓库帮我看看还有没有存留的被子和枕头，那就耽误我下午偿还以前搭班同事被子和枕头，那不如出去买那两样东西得了。"

于是我骑电动车去学校外面的贵诚购物中心买了一床新被子和一个新枕头。待我把那床新被子和那个新枕头刚拎到办公室时，有人忽然给我打电话，我一接通电话便听电话那头说："小弟，我刚才问后勤组长李老师找完被子和枕头了，你下午坐在办公室安心上班吧！"

我听以前搭班同事说完刚想开口说几句话，她却把电话挂上了……

2018年9月3日

方晓用心教书育人

方晓大学毕业以后应聘到翔宇翼云中学教八年级八班语文。他刚开始给八班同学上语文课时双腿打战，说话也吞吞吐吐，八班同学经常在方晓背后嘲笑他是一个大笨蛋。

八班有十三个同学不愿意做语文助学，他们嫌语文助学里面的题目实在太多了。他们在语文助学刚一下发时就想方设法地处理掉了，有的同学扔进垃圾箱，有的同学点火烧掉，有的同学送给别人。方晓在八班同学第一次语文月考前一天的语文课上挨个收八班同学的语文助学保管时，八班那十三个同学都对他说语文助学被别人偷走了，方晓这才得知他们故意和他对着干。于是方晓在那节语文课上给八班那十三个同学下了一道死命令，他要求他们从下周开始，每周必须在他上完所有语文课后，看完一本课外经典读物并摘抄一百句佳句给他检查。八班那十三个同学听方晓说完都异口同声地对他说手头上没有课外经典读物。方晓随即又对他们说："聪明的故意把语文助学弄丢的娃娃们，你们十三个人谁要是不愿意在语文课上阅读课外经典读物，那现在就把语文助学找出来交给我保管。"由于八班那十三个同学都故意把语文助学处理掉了，所以他们听后都只好服从他的命令。

方晓经过一段时间聆听语文骨干教师讲课，他便把一些好的教学方法借用到自个儿的语文教学中。方晓在给八班同学上语文课前五分钟也开始让八班同学在写字书上描摹汉字陶冶情操。紧接着他也走到八班同学中间用翔宇翼云中学校委会成员提出的"以学定教、分层提高"的教学模式讲授语文课。方晓在讲授语文课的过程中看八班个别同学不专心听讲时也穿插给八班同学讲一些小笑话，（例如：买一瓶——今天去菜场买菜，看到地上有一枚硬币，弯腰去捡却怎么也抠不起来。这时，旁边一老头笑呵呵地对我说："小伙子，胶水质量还可以吧，买一瓶吧。"）八班同学每次听他讲完笑话都哈哈大笑。每当下课铃声打响以后，方晓讲课讲得总是意犹未尽。八班那十三个在语文课上专读课外经典读物并摘抄佳句的同学更是觉得语文课过得真是快极了！他们盼语文课要是再往后延长一个小时，那该多好！

八年级第二次语文月考题的难度比较大，八班那十三个在语文课上专读课外经典读物并摘抄佳句的同学竟然全考一百分以上（总分120分）；八班其他在语文课上认真听讲的同学反而考得都很糟糕。方晓有一天给八班同学上完语文课把第二次语文月考考一百分以上同学的试卷专门收到手头上拿进办公室看了一遍，他看八班那十三个同学把课外阅读理解的每一道题都做得非常到位，他们把考场作文也写得绘声绘色。方晓有一天利用课间操时间把八班那十三个同学专门叫到他办公室请他们谈谈第二次语文月考考好的感受。其中有一个同学率先说道："方老师，我们十三个人在第二次语文月考检测中能考得很好，离不开你以前上课要求我们必须在你的语文课上阅读课外经典读物并摘抄佳句。因为我们从阅读课外经典读物和摘抄佳句中既积累知识，又开阔视野，所以为我们做好课外阅读和写好作文打下了深厚的根基。"其他十二个同学听第一个同学说完以后都深表赞同。方晓随即嘱咐他们还得继续坚持阅读课外经典读物并摘抄佳句。

方晓第二天给八班同学上完语文课要求八班同学下周一必须捐两本课外经典读物放在教室后面图书角的课桌上，这可把八班那十三个在语文课上专读课外经典读物并摘抄佳句的同学乐坏了。

方晓把白天在八班讲授一堂语文课的时间精简到二十分钟，剩下时间他安排八班同学井然有序地去教室后面图书角的课桌上拿课外经典读物回到座位上安心阅读，并在笔记本上做好摘抄。方晓在给八班同学上语文晚课时，不再要求八班同学把语文助学上的每一道题都做一遍，他只要求八班同学做语文助学上的一些典型题，谁写完谁就可以安心阅读课外经典读物，并在笔记本上做好摘抄。因为方晓的这种语文教学方法非常符合素质教育所倡导的"教学相长，寓教于乐"，所以八班同学渐渐地都喜欢上语文课。

翔宇翼云中学校长有一天推八班后门进八班教室听方晓讲课，他依然按照自个儿的教学方法上语文课，校长听完方晓上的语文课以后给予他高度赞扬。

翔宇翼云中学校长在寒假期间指派翔宇翼云中学后勤组组长李老师去市场上采购图书架。过了一周以后，翔宇翼云中学后勤所有工作人员在翔宇翼云中学每个班后墙壁上都安上了图书架。翔宇翼云中学校委会成员紧接着去山亭新华书店采购了大量课外经典读物摆放在翔宇翼云中学每个班图书架上。翔宇翼云中学每个班同学都在新学期伊始利用课下时间争先恐后地跑去教室后面的图书架前拿出课外经典读物孜孜不倦地阅读。他们每个人都成为一道亮丽的风景线。

中学生周一至周五（假期除外）在学校教室里阅读课外经典读物可以增长知识、开阔视野。中学生周末在家切莫长时间坐在各个地方抱着手机打游戏，有个别同学竟然在手机上打游戏打成瘾了，这对他的学习和生活造成了严重影响。

方晓经过不断努力学习教师编资料，他顺利考进乡镇一所公立中学教书。方晓第一周周一一早走进乡镇公立中学校长室报到时，校长随即邀他去学校监控室看各班老师给学生上第一节课。方晓在学校监控室看这所学校的教学设施非常落后，教室里面还是老式讲桌，学生的课桌椅也非常破旧，各科老师都手拿教案给班里学生上课。校长邀他在学校监控室看完各班老师给班里学生上完第一节课时，便又邀他去学校各大办公室看一看各科老师都干吗了。方晓在学校各大办公室看各个老师都坐在各自座位上认真写教案，校长最终把他安排在八年级语文办公室办公，并对他说："方老师，你最近几天先向咱校八年级语文老师借他们以前写的教案仔细看一看他们的书写格式，你下周再跟着咱校八年级语文老师进八年级各个教室认真听他们讲课。我想等你第三周对咱校的语文教案和语文教学流程熟悉以后再安排你代八年级语文课。"方晓听校长说完便很爽快地答应了。

方晓周三下午下班以后仍然坐在办公室翻看八年级语文老师以前写的教案时，他忽然听见办公室门口有一女生大声说："大熊，你什么时候娶我？"有一男生大声回复道："小鸡，你整天想歪事，你以后和谁在一起都过不好日子。"女生紧接着又大声说："光棍男，就你这个死样，你这辈子就死守在农村混日子吧！"男生紧接着又大声回复道："寡妇女，你的死样也比我好不哪儿去，你也别整天妄想了，也只有农村种田汉能配得上你。"……方晓听男女生说话实在很刺耳，他慌忙起身走到办公室门口对互相对骂的男女生说："金童玉女们，咱现在有点教养好不好？咱以后可别让有教养的人看咱们笑话。"那位男生听方晓说完紧接着说："你这个斯文的野种竟然来我跟前说我教养低，你真是瞎眼不识好人。"方晓听男生说完可气坏了，他直接照男生的脸扇了一巴掌。男生满脸带着怒气往操场那边跑去，女生慌忙去追他。方晓又走进办公室继续翻看刚才还没看完的语文教案。

方晓第二周周一至周五跟着八年级各个班语文老师去教室里面听他们讲语文课时，他看八年级各个班的绝大多数学生都能积极回答语文老师提问的问题。方晓第三周周一一早刚走进办公室坐下正准备写八年级语文教案时，校长紧接着走进他办公室安排他教八三班语文。方晓周一下午走进八三班教室准备给八三班学生上第一堂语文课时，八三班学生一看见他便都嘻嘻哈哈说笑起来，方晓随即扯大嗓门对八三班学生说："同学们，你们现在都给我闭上嘴好好听语文课。"八三班学生听他说完依然还在嘻哈说笑。八三班有一位女生忽然起身跳到凳子上，继而再跳到课桌上起身用手摇风扇翅子玩，惹得班里其他同学哈哈大笑。方晓慌忙走到女生课桌前劝说道："小美女，你站在课桌上太危险，你赶紧下来好好听语文课吧！"女生根本不搭理他，她依然还在玩个不停。方晓紧接着又劝说道："小美女，你过会儿要是再不下来的话，校长就亲自过来请你去他办公室做客了，这种待遇一般人可享用不起。"女生一听，她慌忙从课桌上跳下来起身坐在凳子上板板正正地听他讲课。八三班其他学生一看本班那位不正常女生都认真听方晓讲课了，他们便立刻安静下来聆听他讲课。

方晓周二早晨在八三班上语文课时，八三班大部分学生都坐在课桌底下和同桌窃窃私语说话。他慌忙劝诫八三班学生："咱校最聪明最可爱的八三班娃娃们，咱们当下在学校教室里一定得努力学习语文知识，咱将来好立足于社会，咱将来才能过上幸福生活。"八三班学生根本不听方晓规劝，他们周三到周五照样在他的语文课上我行我素，这可把方晓愁坏了。

男生周四早晨带父亲去方晓办公室找他谈事论事。方晓把昨天下午为什么扇男生脸那件事情的前因后果给他父亲解释一番。男生父亲听他一说完就直接照他的脸扇了一巴掌，他紧接着警告方晓："臭小子，你以后要是再敢招惹俺家孩子，我会让你双腿残废。"他万万没有想到男生的父亲做事竟然这个熊样，难怪男生说话那么粗鲁，方晓只好忍气吞声。

方晓周五给八三班学生一上完语文课，就跑去校长室反映八三班学生最近三天在语文课上有人疯狂玩手机、有人疯狂打扑克、有人疯狂看禁书、有人疯狂开玩笑。校长听他反映完问题刚想开口说话，方晓却紧接着要求校长另给他安排教其他班语文。校长听完方晓的反映和要求随即对他说："方老师，我之所以现在让你教咱校八三班语文，我觉得你曾在翔宇翼云中学教过语文课，你一定积累很多先进的育人理念，你以后一定能在语文课上把八三班违纪的学生管理到位，我深信咱校八三班这帮最难缠的孩子以后会越来越爱听你讲语文课。"方晓听校长说完立刻说："校长先生，既然你看我以后能把咱校八三班语文教好，那我今后就竭尽全力教导八三班这帮最难缠的学生好好学习语文，争取让他们在初中余下的日子里每次都能在语文测试中取得优异成绩。"校长听后便从书橱里拿出八三班学生的家庭状况一览表和八三班学生的家庭住址一览表给他看。校长建议方晓以后上语文课重点关注教导一下八三班班长兰玉，因为他从小失去双亲，所以现在不好管教。他听后道一声"谢谢领导指教"便昂首阔步地走出校长室。

男生和他父亲一块走出办公室以后，坐在方晓对面的老师悄悄往他办公桌上扔一个纸团。方晓打开纸团一看，纸团里面写道："方老师，刚才扇你脸那个人是东圩子村村霸。男生整天仗着老爹强势，他一点儿也不尊重咱校老师。你以后可别管那位男生的闲事了，他爷俩迟早会没有好下场。"他看完纸团上的内容打算以后有空去东圩子村找村霸聊聊如何给孩子树立一个好榜样。

方晓把八三班那二十位学生的家庭状况和家庭住址摸清以后，他计划下周六先去八三班班长兰玉家家访。一来看看兰玉周六在家干吗了，二来和他聊聊家常，加深一下师生感情。

方晓原本周五下午一下班就坐车回家帮爸妈割谷子，可是周五这天下午下起了瓢泼大雨。他下班一看雨下得很大，方晓这周双休日不打算回家了，他打算明天就去兰玉家家访。

　　方晓周六一早在学校食堂刚吃完早饭时，他装在裤兜里的手机忽然振动起来，方晓忙从裤兜掏出手机接电话。妈妈在电话里问他："宝贝儿子，你昨天下午下班怎么没回家？你怎么不给我打个电话说一声？"方晓紧接着回答说："妈，我这不刚吃完早饭正想给你打电话聊聊我昨天下午为什么没回家看你的事，可巧你给我打过来电话了。妈，我昨天下午下班因雨下得太大，所以没坐车回家。我由于昨天下午下班回教职工宿舍读《红楼梦》读得太入迷了，所以我忘了给你打电话说一声我这周双休日就不回家看你了。妈，我今明两天打算去学生家家访，看看他们都在家干吗了。"妈妈听他说完随即叮嘱他："宝贝儿子，你到了学生家里可得眼皮活点儿，不要给人家添麻烦。"方晓立刻回应说："妈，我心里有数，你不用担心。"妈妈听儿子那么一说便挂上电话。

　　雨过天晴以后，空气格外清新。一群麻雀蹦蹦跳跳叽叽喳喳地走在乡间小路上寻觅食物；一群白鹅高高兴兴乐乐呵呵地扑闪翅膀跳进村中水塘洗澡；一群公鸡欢欢喜喜快快乐乐地挺着身躯站在村民家门口站岗。方晓走着走着忽然在马头村委会门口遇见一位老大爷，他慌忙问："大爷，我想向您打听一下，兰玉家住在马头村哪个地方？"老大爷回答说："小伙子，你是兰玉家什么亲戚？他家就住在我家对面。"方晓一听，高兴坏了，他忙对老大爷说："大爷，我是兰玉的语文老师，我现在正想去他家家访，您老人家能不能带我过去？"老大爷听方晓说完邀请他先去他家喝口茶，然后再去兰玉家家访。

　　方晓跟着老大爷走到他家大门口时，他看兰玉正蹲在他家大门口乐此不疲地玩手机。老大爷慌忙问："兰玉，你玩手机有多长时间了？你该休息一下吃午饭了。"兰玉只顾全神贯注地打游戏，他也不搭理老大爷。方晓紧接着从兰玉手上拿过手机一看，手机里面显示的是《王者荣耀》这款游戏。兰玉抬头一看语文老师专来没收手机了，这着实把他吓了一跳。兰玉慌忙起身给语文老师问了声好便急匆匆地往自个儿家跑去，他也不顾自己手机上的游戏了。

方晓跟着老大爷走进他家堂屋时，老大爷慌忙请他坐在堂屋沙发上。他紧接着给方晓倒了杯热茶放在沙发旁的茶几上开口问他："方老师，你来乡镇这所中学教书有多长时间了？兰玉又在学校里犯啥错了？"方晓回答说："大爷，我今年暑假才刚考进乡镇这所中学教书，我前几天在语文课上没收兰玉四部手机。我趁今天不上班便来马头村兰玉家家访，问问他到底在哪儿弄来那么多手机？"老大爷听他说完请他喝口热茶紧接着说："方老师，兰玉这个孩子的家庭比较特殊，他在六岁时爹娘都患有癌症离开他了。从那以后，兰玉和他姐姐两个人就跟他爷爷一块生活。幸亏他爷爷和我一样有两个退休钱花销便利。兰玉手里玩的那些手机都是他爷爷在马头村手机店给兰玉买的二手手机。我曾不止一次地去兰玉家劝说他爷爷可别娇惯孙子，他爷爷说兰玉是他的命根子，所以必须得宠爱他。我曾周末不止一次地去兰玉家教育他要在学校里好好读书，少在手机上打游戏，好给爷爷脸上增光。兰玉每次光顾着在手机上打游戏，他根本不搭理我，我真是为兰玉伤透了脑筋。"方晓听他说完慌忙说："大爷，我过会儿去兰玉家狠狠教训他，不能让他整天再沉迷于手机游戏了。兰玉要是不及时改掉这个坏习惯，他这一生可就完蛋了。"老大爷听他说完紧接着又说："方老师，你过会儿到了兰玉家可得耐心给兰玉做思想工作，我希望兰玉以后能够好好读书报答亲人。"方晓听后便起身同他告别。老大爷一直把他送到他家大门口看着他走进兰玉家家门才安心回家去做家务活。

方晓走进兰玉家家门时，他看兰玉正坐在院中压水井旁边的凳子上洗衣服。兰玉家的小花狗忽然汪汪叫起来，兰玉抬头一看语文老师来自家做客了，他慌忙起身给语文老师打招呼并请他进堂屋喝茶。兰花正坐在东屋写字台前绣十字绣。她听弟弟他语文老师从院中走进堂

屋喝茶了，兰花慌忙把十字绣放在写字台上走出东屋转而去堂屋陪弟弟他语文老师说话唠嗑儿。

兰花被马头村村民封为"兰美丽"。她高考没考上大学便去一家饭店打零工。饭店老板看兰美丽干活麻利，她给兰美丽介绍一位货车司机并让他俩见了面。兰美丽跟货车司机聊得很热乎，他们两个人很快就结婚了。兰美丽万万没有想到货车司机等她生完儿子刚从医院回到家的第二天清早刚起床时，竟然把菜刀横放在兰美丽脖颈上威胁她拿笔在离婚协议书上签字。兰美丽怕自个儿脖颈被货车司机割伤了，她只能拿笔在离婚协议书上签了字。兰美丽自从离完婚回到马头老家以后便一直待在家绣十字绣。她已经去马头杂货铺装裱了三十幅十字绣图画，爷爷摆在集市上已经给兰美丽卖光了。

兰玉坐在堂屋方凳上给姐姐介绍完方晓以后又起身回院中压水井旁边蹲下洗衣服。方晓坐在堂屋沙发上首先开口对兰美丽说："小妹，我今天来你家家访想告诉你兰玉这孩子最近在我的语文课上爱把手机藏在语文书里打游戏。我已经在语文课上没收他四部手机了，兰玉到底在哪儿弄来那么多手机？"兰美丽坐在堂屋沙发上慌忙回应："方老师，兰玉在你的语文课上玩的那些手机都是俺爷爷在马头村手机店给他买的二手手机。"方晓紧接着问："小妹，你爷爷怎么一下子在马头村手机店给兰玉买那么多二手手机？"兰美丽回答说："方老师，俺爷爷唯恐兰玉手头上缺手机逃课去网吧里上网影响学校名誉，所以兰玉每周第一天早晨将要去学校上课时，俺爷爷都往兰玉书包里面装二三十部二手手机。兰玉每周从学校放学回到家时，俺爷爷给兰玉买的二手手机全被各科老师没收了。绝大多数老师刚开始没收兰玉的二手手机时，他们都给我打电话让我去学校拿兰玉的二手手机回家好给他藏起来。谁知兰玉每个周末待在家都能把我藏的二手手机在各地方翻出来又拿进学校去玩手机游戏了。我自打去学校给兰玉拿了两回二手手机回到家藏完后，我再也不好意思去学校给兰玉拿二手手机了。有些老师要是再给我打电话请我去学校给兰玉拿二手手机时，我直接对他们说只要在课堂上收到兰玉的二手手机就给他扔掉吧！我最近一年多经常周六一早劝俺爷爷可别再去马头村手机店给兰玉买二手手机了。二手手机会影响兰玉正常的学习和生活，俺爷爷根本不听我劝说。他说现在要是不宠爱兰玉的话，等死了就捞不着疼兰玉了。我经常在兰玉从学校放学回到家劝他一定得在学校里好好学习给家争脸。兰玉根本不听我劝说，他在学校里学习学得一塌糊涂。方老师，你以后在学校里可得教育好俺弟弟。"兰美丽说完话竟然呜呜哭了起来。方晓慌忙从裤兜掏出卫生纸给她擦眼泪并对她说："小妹，我今后一定在学校里管教好兰玉。"

兰美丽哭完询问方晓："方老师，你来乡镇这所中学教书有多长时间了？"方晓回答说："小妹，我今年暑假才刚考进乡镇这所中学教书。"兰美丽紧接着询问方晓："方老师，那你多长时间回家一次？"方晓回答说："小妹，我本来一周回家一次，可巧昨天下大雨，所以我没捞着回家。我今天觉得回家也不能干农活，所以我来你家家访了。"兰美丽听后立刻说："方老师，你今天想得可真周到。那我今天还想问你一件事，你可得如实回答我。"方晓慌忙说："小妹，你还想了解什么？尽管说出来。"兰美丽轻声细语地说："方老师，我昨晚听俺弟弟夸你长得既英俊又潇洒，说话也很斯文。我今天见到你本人并跟你攀谈时，你果然如弟弟所说的那样有魅力。弟弟昨晚还对我说你现在还没有对象，你看我能不能配得上你？"方晓听后扯大嗓门说："小妹，你弟弟瞎胡说，我现在有对象，你可别歪想了。"兰玉在院中洗衣服忽然听到方晓说这话时，他慌忙从院中跑进屋拍了一下方晓的肩膀说："方老师，你撒谎，你这周周三在语文课上没收完我的手机时，我紧接着在全班同学面前问你有没有对象？你当时说还没有对象，我立马说要给你介绍一个对象，惹得全班同学哈哈大笑。你当时说下个星期再聊这事，我下周一正打算去你办公室给你说媒，可巧你今天来俺家家访了。方老师，俺姐她人长得很漂亮，心眼脾气也很好，你要是娶了她，我保证从今往后不在学校里玩手机了，我会让八三班其他同学都认真听你讲课，我一定会考一所好高中报答你。"方晓听兰玉说完紧接着说："兰玉同学，你以后要是考上枣庄十八中正榜，我就答应这门婚事，你要是考不上，那我就不答应。"他听方晓那么一说便慌忙从沙发旁的书包里掏出纸笔请方晓写一份保证书，方晓毫不犹豫地写了一份保证书并签上名字，兰玉把保证书递给姐姐并交代她一定得保管好，他紧接着对方晓说："方老师，我今后一定会刻苦学习。"……

方晓在乡镇公立中学上班的第六周周一一早，刚走进办公室坐下正想背诵古文时。对桌同事慌忙对他说："方老师，我今天告诉你一个好消息，昨天县新闻报道东圩子村村霸因在县城走私毒品，他上周六早晨刚走到县城宾馆门口就被警察抓走了。现在他家里人应该很伤心，以后他儿别想逞强了。"方晓听同事说完惊出一身冷汗，他本打算这周周末去东圩子村找村霸聊聊该如何给孩子树立一个好榜样。他一蹲监狱，方晓这周周末就无法和东圩子村村霸面对面交流了。

过了两周以后，校长特意把村霸他儿安排到八三班读书。方晓周三下午第一节课走进八三班上课一看见村霸他儿，他打心里就特别烦他。

方晓自从家访完兰玉同学以后，八三班百分之九十九的学生都能在语文课认真听他讲课。唯独兰玉这个家伙比较特殊，他一上语文课就好趴在课桌上打瞌睡。方晓在兰玉考完期中试以后便把他叫到办公室问他："兰玉同学，你最近为什么好在语文课趴在课桌上打瞌睡？"兰玉回答说："方老师，我现在不想回答你这个问题，你以后上语文课可别把我当人看。"方晓一听，实属无奈。

兰美丽自从方晓把兰玉爱在手机上打游戏这个坏习惯治愈以后，她每次在兰玉将要去学校上课时便让他给方晓捎带十个她包煮好的热粽子。方晓第一次收到兰美丽劳驾兰玉送的热粽子时，他内心感到无比激动。方晓交代兰玉放学回到家替他给兰美丽说一声谢谢；方晓第二次、第三次……再收到兰美丽让兰玉送的热粽子时，他内心感到特别温暖，方晓每次在兰玉放学回家之前便送给他两盒莺歌花生酱让他带回家和家人一块品尝。方晓有一晚做梦梦见自己和兰美丽牵手走在一起去超市买糯米，他在梦里念叨着："兰美丽，你真是一位好姑娘！"方晓梦醒以后，天色已经亮了，他起床洗漱完便去学校食堂吃早饭。方晓在学校食堂一吃完早饭就去办公室背诵古文，他第一节语文课好给八三班学生讲《曹刿论战》。

村霸他儿自从他爸蹲监狱，回到学校完全变了样。村霸他儿在校园里一见到老师就主动打招呼问好，他还主动帮同学打扫室外卫生。方晓在语文课上抽查村霸他儿背诵《曹刿论战》时，他竟然一字不落地把《曹刿论战》这篇古文全背出来，方晓当堂让八三班学生给村霸他儿热烈鼓掌。

兰玉自从上九年级竟然不在语文课趴在课桌上打瞌睡了，他每堂语文课都认真听讲并做课堂笔记，这让方晓有些意外。

方晓首次教九三班语文没有一丁点儿经验，他天天（周末、假期和考试除外）搬凳子去九年级其他班听其他语文老师讲课。他们的课堂各不相同，有人注重讲练结合，有人注重灌输知识。方晓过完元旦假期一下想起自个儿曾在翔宇翼云中学上语文课时要求八班同学阅读课外经典读物开阔视野，切实提高语文成绩。方晓周末专门坐车去枣庄科技书店买了五十本课外经典读物放到了九三班图书架上。他周一上语文课便把自个儿买的课外经典读物从九三班图书架上拿出来分给九三班学生阅读，九三班学生都万分感谢语文老师给他们送来了别样

的温暖。

方晓自从要求九三班学生在语文课和语文晚课阅读课外经典读物后，九三班学生渐渐地都喜欢上语文课。九三班学生在语文考试时，他们做课外阅读理解题的能力和写作文的水平都有了明显提高。方晓年后偶尔周末休息不回家时，便打电话组织九三班学生坐车去枣庄科技书店读书看报，他们每个人的脸上都洋溢着灿烂的笑容。

兰玉在九年级下学期二调考试中发挥得异常出色，他在全县所有九年级学生当中排在第一百名的名次上，这在全校所有老师和学生当中引起强烈反响。

方晓有一天下午上完九三班语文课特意把兰玉请到办公室问他："兰玉同学，你自从上九年级发生了翻天覆地的变化，是谁把你的潜力激发出来？"兰玉有板有眼地说："方老师，我第一得感谢俺姐姐在去年暑假带我去枣庄银座看了一部电影。电影名叫《走路上学》。因为我看完这部电影深受感动，所以我在九年级更加用功读书。我第二得感谢你前年去我家家访写得那份保证书对我刺激很大。"方晓听兰玉说完紧接着说："兰玉同学，你现在表现的真是棒极了！咱还得继续发扬好的学习习惯。兰玉同学，老师我现在还有一个疑问，我自从去你家家访完你以后，你为什么好在语文课趴在课桌上打瞌睡？"兰玉笑着说："方老师，自打你去俺家家访完我以后，因为我听你在语文课上滔滔不绝地讲课文实在太刺耳，所以我在语文课好趴在课桌上假装打瞌睡。"方晓听兰玉说完慌忙起身拍了拍他的肩膀说："小精灵，那时都怪我不会教语文才导致你在语文课好趴在课桌上假装打瞌睡，敬请谅解；小精灵，咱当下最紧要的任务是摒除一切杂念，好好备战中考。"兰玉听方晓说完慌忙说："方老师，我一定会好好备战中考，争取考上枣庄十八中正榜。"……

方晓护送九三班学生在枣庄十八中中考考完试，他便坐车回家开始休班了。兰玉在建党节前一天下午给方晓发了一条短信:"方老师,姐姐劳驾我邀请你明天来我家参加她的生日宴会,你能否过来做客?"

方晓喝完朋友喜酒回到家打开手机一下看见兰玉给他发了一条短信,当他看完兰玉给他发的短信内容以后便挠头思考起来……

2018年9月16日

王湾村的恩怨故事

一

王湾村四面环山，东西分别为西厢山、娃娃山，正南为焦山，北依北山、狼国山。王湾村的福金和牛生各是福家和牛家的独生子，他们两个人的家境都不错。

福金十岁就跟着牛生哥去县城煤矿做工。他在县城煤矿干得风生水起，大伙都爱和他打交道。

福金在县城煤矿做工的第五年，同事给他介绍了一位农家女孩。他们两个人在七夕晚上见面时，女孩首先开口说："大哥，我当下在县城面粉厂当会计，俺家有三个哥哥，他们现在都已经在外县成家，俺爸整天拉着地排车去集市上卖青菜，俺妈便待在家种地喂羊。"福金一听紧接着说："小妹，我当下在县城煤矿当采煤工，俺爹娘这一生就要我一个孩子，你爸妈和俺爹娘的角色竟然一样，我俩真是一家人。"……

福金第一次骑自行车带女孩去他家做客时，女孩一见到他爹娘就非常热情地对他俩嘘寒问暖，他爹娘的心里顿觉暖暖的。女孩一吃完午饭就主动帮大婶收拾餐桌洗刷碗筷，女孩还主动帮大叔铡草喂牛，他爹娘对这个女孩比较满意。女孩第一次租车带福金去她家做客时，她爸卖菜没在家，福金慌忙给大娘打招呼，大娘立马询问："小伙子，你家有多少财产？你家打算给俺闺女多少彩礼钱？你以后会不会疼俺闺女？"福金笑着回答："大娘，我家有良田万亩，雇工成群，彩礼过百，老婆幸福。"大娘听后随即说："小伙子，等我赶明儿给俺家那口子商定完彩礼钱好能让你俩成亲。"福金听后紧接着说："大娘，那我过些时日再来你家问你到底需要多少彩礼钱好能娶上你闺女？"大娘听福金说完便点头答应。她听福金说完留他吃完午饭再走，福金慌忙说："小妹，我以后有空再过来陪你们一家人吃饭。"

福金和牛生两个人有一天在县城煤矿食堂一块吃完早饭下井采煤。过了一个小时左右，福金的左眼皮一个劲儿地跳个不停，他的心跳也突然加速，他忙喊牛生去井上喘口气，牛生便陪他一起上井。他俩刚到井上，井下发生坍塌，牛生感激涕零，便当场认他"干叔"。牛生自从那天以后，便经常给他家送礼品。

牛生的父亲是一名修鞋匠，十里八乡的村民经常拎鞋去他家找他修鞋。转眼之间，儿子已经三十岁了，他过完春节找人把自家那三间茅草屋推倒继而盖上了三间平房，他准备以后好给儿子娶媳妇。他在入住新房的第二天中午正在中间堂屋吃午饭时，忽然有一名少妇端碗走进他家堂屋讨饭，他看少妇穿得破破烂烂，他起身从衣箱里拿出一身新衣服送给少妇并让她去西屋穿上再在他家吃午饭。少妇吃完午饭对他说："大叔，我现在可以帮你们家分担一下农活。"他听少妇说话挺诚恳，他立马拿麻袋带少妇去他家田里摘绿豆。

福金在中秋节前一天中午，他开机动三轮车去女孩家送香烟美酒、鸡鱼肉蛋、绫罗绸缎。大娘打开院门一看福金送来节礼了，大娘慌忙招待他进家喝茶，大娘随后邀请他去饭店用餐。他在饭桌上喝完两杯酒问："大娘，你家到底想问俺家要多少彩礼钱？"大娘笑着回答："小福，你在后天中午要是给俺家送去二百块彩礼钱，俺家姑娘下个月这时候就跟你成亲。否则的话，你再找其他姑娘当媳妇吧！"他听后慌忙说："大娘，我们家砸锅卖铁也没那么多钱，你家能不能再少要点儿彩礼钱？"大娘斩钉截铁地说："小福，我记得你第一次去俺家说你家有很多农田还有雇工，你家那么阔，你家要是不想掏彩礼，俺家闺女还有很多人等着出钱买呢！要不你再找其他姑娘当媳妇吧！"他听后紧接着说："大娘，要不我今天下午回家问问爹娘到底能不能拿出那么多彩礼钱？等八月十六早晨我再去你家跟你回话。"大娘听他说完便点点头。

牛生的父亲和少妇两个人躬腰把他家绿豆摘完便坐在地头歇息。他问少妇："小姑娘，你今天为什么出门讨饭？"少妇回答说："大叔，我在去年春天被狠心的父母卖到异乡给一个中年男人当媳妇，他整天出门赌博，他每天回到家照我就打。我有时受不了给他爸妈说，他爸妈说我是一个贱货，他儿就该那样对待我。我虽有好几次想喝农药结束生命，但又一想，我既然把身子骨卖给他了，我再好好对待他，兴许有一天他能温和对待我。前些日子，中年男人竟然又领回家一个小女人，我一气之下便跑出他家院门。当我沿街乞讨走到自家院门口敲门时，院门里面给我开门的人竟然是远房亲戚。我问爸妈去哪儿了？他说爸妈把房子卖给他远走高飞了。我一气之下便跑开了。我当下只好在各个村子先讨饭维持一下自身生活，看看哪家还缺我这样的大姑娘？我今天能够认识大叔你真是万分有幸！你是我最近五天讨饭中遇到最好的一户人家，你想不想收养我当你闺女？"他听后慌忙说："小姑娘，俺儿从小就没了娘，他九岁就跟俺村老矿工王铁锤去县城煤矿做工，俺儿每周六都回家看我，他现在还没找到媳妇，要不你赶明儿给俺儿当媳妇吧！"少妇听他那么一说便爽快答应做他儿媳妇。

福金在中秋节晚上和爹娘一块吃饭时，爹问："儿子，你和以前来咱家的女孩进展得怎么样了？"他回答说："爹，我昨天中午给女孩家送节礼时，她娘说我明天要是给他家送去二百块彩礼钱，她让闺女下个月就和我成亲，否则的话，这桩婚事就拉倒。"爹听后紧接着说："儿子，咱家现在可没那么多钱，咱要不再寻其他要彩礼少的人家里的女孩当媳妇吧！"娘随后说："儿子，女孩她娘真是想钱想疯了，咱家可没那么多钱陪侍她，咱要不再另找一个要彩礼少的人家里的女孩当老婆吧！"他听爹娘说完便慌忙说："爹，娘，我去女孩家已经搭很多东西了，我明天要是不给大娘送去彩礼钱的话，那我和她闺女就白谈一场恋爱了。"爹听后紧接着又说："儿子，我认识你娘之前谈了好几个大姑娘，那时我往外搭的东西用两卡车都运不完，幸亏你外公外婆素质高，他们一分彩礼钱没要就把你娘送过来和我一起过日子了。女孩她娘真是财迷，我家老祖的彩礼还不到一百块呢！她家竟然敢要二百块，她家闺女该找谁找谁去？咱家可没那个经济实力来迎娶她。"他听后随即说："爹，要不我明天一早再去女孩家问问她娘彩礼钱还能不能再少点儿？要是实在不行的话，我再找其他姑娘当老婆。"爹听他那么一说便同意了。

牛生周六下午从县城煤矿宿舍门口骑自行车回到家看到少妇便问她："小妹，你为什么等在俺家新房里？"少妇一五一十地把自身悲惨的遭遇和想与牛生成亲的想法给他说完以后，他随即说："小妹，你还是另找其他男孩吧！我不想找二婚。"牛生的父亲躺在床上听他说完便慌忙起身走到他跟前狠狠地踹了他一脚。他慌忙起身对父亲说："爸，我不想要就是不想要，要不你养她吧！她以后好给你当闺女。"牛生的父亲听他说完非常生气地把他赶出了院门。牛生的父亲紧接着劝少妇："小姑娘，你可别跟俺那傻儿子一般见识。"少妇说："大叔，我想再在你家住几天帮你干农活，你儿要是真不想愿意要我，我以后再找其他男孩当夫君。"牛生的父亲听少妇说完便立马答应了她的请求。

女孩在中秋节晚上和爸妈一块吃饭时问他俩："爸，妈，你们什么时候让我和福金成家？"妈妈紧接着回答："闺女，福金要是明天中午给咱家送来二百块彩礼钱，我和你爸立马同意你和他下个月成家。否则的话，咱再寻其他小伙成家。"她听后惊了一下，她紧接着对妈妈说："妈，咱家祖辈的彩礼才五十块钱，爸给外婆的彩礼才八十块钱，你怎么问人家要那么多钱，你难道想拆散我俩？"妈妈听她说完便斩钉截铁地说："闺女，现在家家户户的生活水平都提高了，福金要是明天不给咱家送来二百块彩礼钱，你就甭想嫁给他。"她听后起身把碗筷往地上一扔立刻说："妈，我这就去福金家跟他过日子，你们俩谁要是拦着我，我这就死给你俩看。"妈妈听后起身照她的脸扇了一巴掌说："我这么多年算白养一个傻闺女，现在哪个姑娘的身价不得翻番？你整天待在外面混，倒不如我这个种田女，福金要是明天不给咱家送二百块彩礼钱，你这辈子就甭想去他家过日子，我赶明儿就把你卖给咱村土财主，你就天天享清福吧！"她一气之下跑出院门。

牛生气得跑到娃娃山脚下抽闷烟。他从没想过爸爸会在家里留一个讨饭的要给他当媳妇。他在县城煤矿干了这么多年，他不止一次地周六回到家给爸爸打声招呼便去村支书家找他闺女雪花表达爱意，雪花总是对他说等白血病好了再和他成家。雪花在今年夏天却永远离开了人世，他感到很伤心。

女孩大晚上的跑到福金家院门口时，院门里面一盆温水哗地一下全泼到她身上，她瞬间像一只落汤鸡，她大喊一声"啊"以后，她模模糊糊看见泼水的女子和她芳龄差不多，待有人从堂屋拿毛巾跑到院门口时，她已经消失得无影无踪。

牛生在娃娃山脚下抽完一盒香烟回到家时，他看父亲已经在东屋打呼噜睡着了，少妇坐在沙发前剥着花生对他说："牛哥，你现在别生气了，你要是不想愿意我的话，我赶明儿就走。"他听少妇说完紧接着说："小妹，其实我现在到了结婚的年龄，可是我曾经喜欢的女孩因得白血病刚去天堂两个月，所以我现在还正伤心呢！我想明年再结婚。要不你年前先待在我们家帮俺爸做活，出门谁要问你为什么吃住在牛生家？你就说是牛生家聘请的保姆。"少妇听他说完便慌忙说："牛哥，我今后会按你说的去做。"……

女孩跑到一个小径路口一下子被一个东西绊倒了，她疼痛难忍便大声呼喊："大叔大妈们，有谁路过快扶我起来，我求求你们了。"

福金在八月十六一大早就骑自行车直奔女孩家。当他走进女孩家堂屋坐在凳子上时，大娘坐在沙发上笑着说："小福，你今天给我们家送彩礼可真是太明智了，我刚送走两位顾客，他们出三百块彩礼钱，我都没舍得卖俺闺女，我生怕你来到俺家生气。"他坐在凳子上紧接着说："大娘，我今天过来想给你说俺家可拿不出二百块彩礼钱，彩礼要是减半，俺家就能负担得起，否则的话，我和你家闺女就拉倒吧！"大娘听后用手指着他说："你这个滑头小子，你是不是觉得俺家闺女现在在你家里，你就能对我讲价钱了，我实话告诉你，王湾村的老矿工王铁锤可是俺亲表叔，你要是不给俺家二百块彩礼钱，我过会儿就去王湾村喊俺表叔一块去你家领俺闺女回来干活。"他听大娘说完慌忙说："大娘，你家闺女现在可没在俺家。"大娘听他说完便慌忙起身走到他身旁踢了他一脚说："小福，俺家闺女明明在昨天晚上和我吵完架跑去你家找你了，你今天竟然说没在你家，你是不是让俺闺女去县城上班了？"他听大娘说得不着边际便起身扯大嗓门说："大娘，我对天发誓，你家闺女昨晚可没去俺家，她现在到底在哪儿了？你当妈的能不知道吗？"大娘听他大声说完坐在地上哭着说："小福，我们娘俩昨晚因二百块彩礼钱吵架了，俺闺女气得对我说跑去你家找你，我立马让俺闺女过去了，俺闺女昨晚会不会在路上遭人绑架了？"他慌忙蹲下劝说："大娘，你现在大哭解决不了问题，咱要不去县城找找她？"大娘一听，止住哭声。大娘起身让他赶紧骑自行车带她去县城

找闺女。

村支书在中秋节晚上躺在床上翻来覆去睡不着觉，他老觉得外面有人在喊救命，于是他起身拿着手电筒出门散步。

福金骑自行车带着大娘在县城大街小巷找她闺女找了个遍，他俩就是见不到女孩的踪影，这可把他俩急坏了。大娘又让福金骑自行车带她去王湾村找她闺女，看看有没有女孩的蛛丝马迹？

牛生在八月十六这天一吃完早饭就从家院子骑自行车去县城煤矿做工。他骑自行车骑到半路恰巧遇见福金，福金和他都慌忙把自行车停住互打招呼。大娘忙下自行车问他："你哥，你昨晚在王湾村见没见到俺闺女？"他回答说："大娘，你闺女昨晚不待在家陪你过中秋，她大晚上的去王湾村干吗？"福金慌忙说："大侄子，大娘家闺女昨晚在去俺家过中秋的路上走丢了，要不你现在随我和大娘一块去王湾村找一找，看看还能不能找到她？"他听福金那么一说便立刻答应了。

村支书照着手电筒散步走到一个小径路口时，他看地上躺着一位小女孩，他顿时惊了一下。他把手电筒装进裤兜蹲下身子用手摸了一下小女孩的额头，烫得实在厉害。他慌忙呼喊小女孩赶快起来，小女孩吞吞吐吐地说了一句："我…得…睡觉。"他听后把小女孩拉起来便背她回家了。

大娘从福金的自行车上跳下来走进王湾村时，她一遍又一遍地大声吆喝道："昨晚有谁在王湾村看见俺家大闺女没有？谁今天要是帮我找到了，我一分彩礼钱不要就让俺家大闺女嫁到他家。"王湾村村民一听到大娘吆喝便纷纷出门帮她寻找闺女。

村支书把小女孩放在堂屋沙发上让她坐好，他倒了一茶碗温开水放在小女孩手上，小女孩竟然没拿住茶碗，茶碗便掉在地上发出清脆的音响。他没有叫嚷小女孩，他又倒了一茶碗温开水放在小女孩身旁。他随后从菜橱抽屉里拿出两片退烧药，他一手端茶碗，一手把退烧药塞到小女孩嘴里，他紧接着把茶碗沿放进小女孩嘴里猛一倾斜便把温开水灌进了她的肚子里。小女孩吃完退烧药便平躺在沙发上，他从衣柜里抱出一床新被子给小女孩盖上，小女孩很快地又进入梦里水乡。

村支书的儿子雪人在八月十六这天早上起床走到堂屋时，他看堂屋沙发上平躺着一位小女孩，这着实把他吓了一跳，他慌忙发出一声"啊"的感叹。小女孩慌忙起身问他："这是福金家吗？"他回答说："小姐，这是福金的邻居家，你是福金什么亲戚？你怎么来我家休息？"小女孩愣了一下紧接着用左手拍拍前额说："小弟，我本是福金的未婚妻，我昨晚走到他家院门口时却被福金的小媳妇泼了一盆洗脚水，我气得又往自家跑去。当我跑到半路时，我一下子被一个东西绊倒了，疼得我起不来身，就在我快要停止呼吸时便被你家好心的大伯及时相救，不然的话，我将永远离开这个世界。"他听小女孩说完紧接着说："小姐，我昨天下午在菜园拔菠菜遇见福金叔时，我跟他唠了大半天嗑儿，他说现在只爱你一个人，你昨晚会不会走错门了？"小女孩听后立刻回答："小弟，我昨晚没走错门，我看得很清楚。"他紧接着又说："小姐，要不你过会儿等俺爸下田回来吃完早饭以后，你让他带你去福金叔家看看他家到底有没有小媳妇？"小女孩慌忙点头答应，他便背着书包出门去学校上课了。

王湾村村民在村中的大街小巷找了大半天也没找到大娘她闺女，他们都唉声叹气地回家了。

村支书干完农活买包子豆浆回到家和小女孩一块吃完早饭时，小女孩忽然对他说："大叔，昨晚要不是你及时救我，我就不会活到今天，要不你把你儿许给我吧！以后我会好好和他过日子。"他听后慌忙说："小姑娘，那绝对不行，俺儿现在正读初中，他以后还得考大学。"小女孩听他说完便匆匆跑了出去。他怕小女孩一时想不开去寻死，他

刚跑出堂屋屋门去追小女孩时，他脚底一下踩在两根玉米棒上滑倒了，他慢慢起来长舒一口气。

小女孩跑出村支书家院门，在三公里远的一棵柳树下面把背一袋豆角的少妇给撞倒了，小女孩立马扶她起来并给她赔礼道歉。她一看到小女孩的面相，她立马说："小姐，我昨晚看你跑到俺家院门口被我泼了一盆温水，我去堂屋拿毛巾跑到院门口正想给你擦头道歉时，你竟然不见了，我现在心里都有些惭愧。"小女孩听她说完便直接照她的脸扇了一巴掌，她也毫不留情地扇了小女孩一巴掌，小女孩又踢了她一脚，她一下子跪在地上，小女孩又把她拥趴下并骑在她身上说："你这个不要脸的东西，你昨晚竟然敢抢我的老公当老公，你真是活腻歪了，你今天要是不给我好好忏悔，我过会儿就骑着你回福金家讨个公道。"她听后气地呜呜哭个不停。

村支书长舒完一口气走出院门恰巧遇见福金和牛生各推一辆自行车走到他身边，他俩身后还跟着一位大娘。福金忙问他："书记哥，你昨晚在咱村看没看见一位小女孩往俺家那边跑？"他摇摇头。牛生紧接着说："书记哥，我和福金大叔还有大娘已经在王湾村的大街小巷找了小女孩大半天了，我们却一直还没看见她人影，你知道小女孩到底去哪儿了吗？"村支书说："小弟，小女孩现在正跑往回家的路上，她不在离俺家三公里远的东岔路上就在西岔路上，你们俩赶紧骑自行车分头去追小女孩。"他俩听他说完便慌忙骑自行车分头去追小女孩，大娘便跟在牛生后面跑了起来，累得大娘气喘吁吁。

大娘刚跑没多远便看见一群人聚在前面不知在干什么？她跑近一看，他们正在买老鼠药。她一下买了十包装进衣袋，她打算过会儿回到家把老鼠药放在锅屋桌子下面好好喂养老鼠。她跑得实在有些劳累便坐在西岔路的第一棵柳树下面歇息。

福金在东岔路骑了老半天自行车，他一个人影也没见到。他怕把大娘落太远，他慌忙停放好自行车坐在一棵杨树下面抽起香烟等大娘。

牛生骑自行车在西岔路三公里远的柳树下面看见一位小女孩骑在他家少妇身上唱歌可气坏了，他慌忙停放好自行车紧接着把小女孩推开，他随后把少妇扶起来。少妇一起来就对他说："牛生哥，我昨晚在你家院子端盆往院门外泼洗脸水时，我不小心泼到骑在我身上唱歌的小女孩身上。我慌忙把脸盆放下跑进堂屋拿毛巾，紧接着跑到院门口正想给小女孩擦头时，小女孩却消失不见了。小女孩刚才却说我是在福金家泼得洗脸水，小女孩还说我和福金是两口子，我真是冤枉啊！"小女孩听少妇说完慌忙起身照牛生的左大腿踢了一脚，他扇了一下小女孩的脸说："你这个不懂事的小女孩，你今天竟然敢欺负俺家保姆，你真是活腻歪了。"小女孩慌忙蹲下身子从地上捡起一块小石头起身照牛生的头砸去，幸亏他躲闪及时躲过一劫，他慌忙把小女孩的双手拽住，他硬拉小女孩往回走。少妇便推着自行车，车梁上搭着那袋豆角紧跟在他俩后面。

大娘坐在西岔路的第一棵柳树下面歇息完刚起身时，她一下子看见牛生正往这边走来，她慌忙往前跑去好与牛生会合。

福金等了好大一会儿不见大娘过来，他只好骑自行车往回赶。他骑自行车骑到东岔路尽头便拐弯去西岔路。

大娘跑近一看，牛生身后有两位小女孩，一位是她闺女，另一位是他助手。他把小女孩的双手松开笑着对大娘说："大娘，你闺女现在被我找到了。"大娘听后紧接着说："大侄子，谢谢你。"大娘一说完话就跪在小女孩身旁说："宝贝闺女，昨晚都怨妈对你不友好才导致你跑出家门受了委屈。我保证从今往后再也不那么苛刻的对待你了，你现在爱喜欢谁就喜欢谁吧！"小女孩听大娘说完含泪把她扶起来并对她说："妈，你现在终于想开了，可我现在又有一点想法，我不知该不该跟你讲？"大娘让小女孩赶快说出来，小女孩不紧不慢地说："妈，刚才牛生大哥拉我的手来见你时，我看牛生大哥这人挺不错，我想和他成亲。"大娘一听便慌忙说："闺女，那可不行，你要是跟牛生成亲，那福金怎么办？"福金早已站在不远处紧接着说："大娘，你闺女要是想和牛生成亲，那我就娶牛生家的保姆当老婆。"少妇一听便慌忙说："我亲爱的老祖少宗们，咱们现在一块去王湾村饭店吃午饭吧！咱们在饭桌上好尽情聊婚姻这件大事。"

他们听少妇说完便都同意一块去王湾村饭店吃午饭、聊婚事……

二

福金和牛生的婚事订在同一天举行，王湾村村民兵分两路去喝他俩的喜酒。

沧爷庙坐落在王湾村村外的一块土地上，庙内塑有沧老爷，鲁南苏北地区，至今还流传着"亲帮亲，邻帮邻，沧老爷向着山东人"的佳谣。

福金和老婆两个人欢送走亲朋邻居，他俩晚上跟着娘去沧爷庙上香磕头，祈求沧老爷保佑他俩婚后的日子会过得红红火火；牛生小两口在婚后第二天晚上也去沧爷庙烧香磕头，祈求沧老爷保佑他俩以后的生活会越来越美满！

福金的老婆属鸡，王湾村大多数村民叫她大婶子。他婚后一个月便给老婆起了一个小名，他开始叫她鸡大婶。他自从给老婆起完小名以后，邻里乡亲竟然全都知道他老婆的小名了，大人小孩都开始呼叫起来。他老婆刚开始还有些不适应，时间一长也就听顺耳了。

牛生和老婆刚结婚十天，他父亲就因突发脑出血匆匆离开人世。

他含泪送走父亲以后，他继续去县城煤矿做工。他老婆在家种田喂鸡，他老婆偶尔去集市上帮人家修鞋。王湾村村民都夸他小两口很会过日子。

牛生的老婆在怀孕时，因为他光忙着去县城煤矿做工挣钱，所以他对老婆照顾的一点儿也不周到。他老婆在五·一劳动节那天吃完早饭扛着锄头去麦地里锄青草时，肚子里的孩子瞬间掉了。他老婆回到家以后便呜呜大哭起来。鸡大婶挑水从牛生家院门口路过时忽然听到院门里面有哭声，鸡大婶慌忙把水挑子放下便走进牛生家。当鸡大婶走进牛生家堂屋却只看见他老婆一个人坐在沙发上大哭，鸡大婶慌忙问："侄媳妇，你今天这是怎么了？"他老婆哭着回答："鸡大婶，我自从跟了牛生，整天别想闲着，牛生家光田地就有六亩，还有二亩苹果园，我今天在麦地锄草时，我肚子里的孩子一下子晃掉了。"鸡大婶听后紧接着说："侄媳妇，你不用害怕，牛生要是回来动你一根汗毛，我让福金劈了他。要不你最近先去我家住几天，等牛生从县城煤矿做工回来，我得好好开导他一下。"他老婆听鸡大婶说完却苦苦央求鸡大婶还是待在她家陪她住几天，等他从县城煤矿回来好方便开导他。鸡大婶为了给他老婆撑好腰，也就答应了。

福金自从结完婚以后，他每次从县城煤矿做工回家都给鸡大婶买一些瓜果零食；他对爹娘更是体贴照顾，他每年在刚一入冬就开机动三轮车从县城煤矿拉一车煤送到爹娘家里，他还经常给爹娘买一些蔬菜和猪肉，爹娘对他的所作所为深感满意。

鸡大婶第一晚待在牛生家陪他老婆唠嗑时，他老婆给鸡大婶讲沧老爷的传奇故事："沧老爷每逢去老丈人家，天都下雨，老丈人特别不喜欢沧老爷，哪次见沧老爷都大骂一番，嫌沧老爷去得不是时候。因此，沧老爷每年只去老丈人家一次，日子便是三月初三。沧老爷每次去看老丈人，总是背一大袋高粱。沧老爷有一年三月初三到了老丈人

家对他说："大叔，我每年只在田里种一棵高粱，它却能结出上百袋高粱。"老丈人听沧老爷说完半信半疑。于是老丈人在当年秋季的一天一早便坐车去沧老爷家喊他去他家田里收高粱。当老丈人来到沧老爷家时，沧老爷刚吃完早饭下田了，老丈人忙让闺女带他去田里看沧老爷做活。老丈人跟着闺女走到田里见到沧老爷时，老丈人看沧老爷手中的那穗高粱已经摔下好几百堆高粱粒。老丈人从那以后再也不嫌弃沧老爷了。"鸡大婶听他老婆说完立马夸沧老爷真是神人！

福金和牛生一块在周六下午从县城煤矿宿舍门口骑自行车回王湾村看家人。他俩骑自行车骑到王湾村村口便停下来大口喘气。牛生对福金说："大叔，我再过两个月就该升级做父亲了，我想等老婆生完孩子向县城煤矿矿长请一年假待在家好好照顾他俩。"福金听后大力支持牛生的想法。

牛生骑自行车回到家看鸡大婶和老婆两个人正坐在板凳上剥花生，他慌忙给鸡大婶打招呼并询问她："鸡大婶，你今天下午怎么有空过来串门？"鸡大婶回答说："大侄子，你老婆最近几天身体不舒服，她天天去俺家喊我过来照顾她。"他听鸡大婶说完紧接着问老婆："小妹，你最近哪儿不舒服？你怎么劳驾人家鸡大婶？"鸡大婶抢先回答："大侄子，你老婆因干农活过多导致孩子去天堂了。"他听后气得用左手指着鸡大婶说："你这个泼妇，你是不是忌妒俺老婆怀孩子？你不怀好心天天喊俺老婆下地干活。时间一长，俺老婆的身体就变得更加脆弱，孩子渐渐就没有了。"他老婆一听他说话很刺耳，慌忙起身扇了一下他的脸说："牛生，你怎么对鸡大婶说话那么难听，咱家孩子走了可跟鸡大婶一点关系都没有，你可别胡说八道。"他听后气地把老婆推倒在地，他用右手指着老婆说："小妹，你今天不用包庇她，她犯了错误没脸回家才在俺家人五人六地坐着帮你剥花生，我今天总算知道她还有阴暗的一面，你以后绝对不能再和她往来了。"鸡大婶听后气得起身

用两手指着他俩骂道："你两个狼东西以前见我说话倒怪热乎，我万万没想到你俩今天竟然合伙用阴谋诡计欺骗我。从今往后，我们两家不会再有任何一点交往。谁要是私自交往了，谁是乌龟王八蛋。"鸡大婶一说完就立马跑出牛生家。

福金骑自行车去爹娘家送东西时，娘对他说："儿呀！你已经结婚一年多了，你赶紧催鸡大婶要孩子。"他听后紧接着说："娘，我等过一段时间和鸡大婶商量一下，争取让你早点抱上大胖孙子。"

鸡大婶跑进堂屋便从沙发底下拿出一瓶敌敌畏，她坐在沙发上准备一口喝下去，她再也不想看见牛生那俩小贱人。

牛生气跑鸡大婶，他又用两手指着老婆并扯大嗓门说："小妹，你今后要是再怀孩子，咱家什么农活都不用你干，你和任何邻居都不能交往，你待在家照顾好自己就行，家里要是缺什么东西，你自个儿慢慢走着去村头小卖部买去，要是钱不够的话，你先赊着，等我从县城煤矿回来再去偿还。"他老婆听后只好点头答应。

福金笑着从爹娘家推自行车走出院门向自家骑去。他刚推自行车走进自家院门就大声呼喊："鸡大婶，你快出来帮我拎东西。"鸡大婶却没有任何反应。他感到有点奇怪，鸡大婶到底去哪儿了？

福金停放好自行车紧接着把买的东西放在堂屋桌子上，便慌忙跑出自家院门去牛生家找鸡大婶。他跑到半路恰巧遇见村支书，他慌忙停下给村支书握手问好，村支书紧接着对他说："大兄弟，我现在正想去你家跟你说件事。俺大儿以前在县城中心地带买了两套门头房，他现在有一套门头房不想要了，俺大儿让我转手卖给别人，我把家里亲戚全问了一个遍，没有一个人想要。大兄弟，你家想不想要县城中心地带那套门头房？没准以后干生意能发大财。"他听后立马说："大哥，我等赶明儿和鸡大婶商量好以后再去你家回个话行吗？"村支书点头答应了。

福金又往前跑了一段路，累得他气喘吁吁。他忽然在村巷拐角处遇到爹，爹一看见他就对他说："小福，我刚才在菜园喷完药走到村口听村支书说鸡大婶被黑嫂背去王湾村医务室了，你现在怎么有空出来瞎转悠？"他听爹说完便立刻掉头往王湾村医务室跑去。

牛生骑自行车去村头小卖部买完食盐和味精出门时恰巧遇见村支书，村支书让他骑自行车带着他回家。村支书坐在自行车上问："孩儿他叔，我有很长时间没见你家弟妹了，她什么时候生宝宝？"他慌忙停下自行车回答："大哥，你现在一提宝宝，我就非常生鸡大婶的气，要不是她使坏，你弟妹再过几个月就该当妈了，现在真是没法实现了。"村支书慌忙从自行车上下来问："孩儿他叔，你家要孩子怎么牵扯上鸡大婶了？她和弟妹的关系到底怎么了？"他停放好自行车给村支书递上并点着一根烟回答："大哥，我今天下午从县城煤矿宿舍门口骑自行车回到家看鸡大婶和俺老婆两个人正有说有笑地坐在堂屋板凳上剥花生，鸡大婶说俺老婆最近几天身体不舒服，俺老婆天天去她家请她去俺家唠嗑，我听后很高兴。当我问俺老婆哪儿不舒服时，鸡大婶却抢着说俺老婆因干农活多导致身上的孩子掉了，我当时以为鸡大婶天天喊俺老婆下田干活才导致孩子没有了，于是我把鸡大婶骂出俺家家门，她说从今往后和俺家断绝联系。"村支书一听紧接着说："小弟，我觉得你没弄清楚事情的真伪就轻易地骂鸡大婶，你在这一点上做得不太妥。鸡大婶曾经可和你一块生活过，你经常在我跟前夸鸡大婶的素质非常高，鸡大婶怎么可能跟你家使坏心眼？"他听后慌忙说："大哥，鸡大婶婚前在俺家那是在假装好，她一和福金结完婚就不一样了。鸡大婶前些时日背着喷雾器去菜园给豆角喷洒完农药还剩半喷雾器农药竟然全倒掉了，俺家豆角架和她家豆角架紧挨着，她也不稍带喷洒一下农药，真是自私！要是换作俺老婆，俺老婆绝对不会干那种事。"村支书听他说完紧接着拍了一下他的肩膀说："小弟，鸡大婶怕把你家豆角给喷黄了；小弟，什么事情都有两面性，我们要多往好处想，一旦把坏处放大，那以后可有气生了。"他听后立马说："大哥，我今天刚和鸡大婶闹完别扭，我想等过一段时间去他家坐坐。"……

福金跑到王湾村医务室时，王医生请他坐在椅子上并对他说："小弟，鸡大婶刚拿完药离开这里。我刚才给鸡大婶把脉时，她手一个劲儿地发抖，明显是在家里面受到点惊吓。我问鸡大婶是什么情况？她说挂在堂屋墙上的秤砣一下掉在地上吓着她了，黑嫂竟然哼了一声，所以我隐隐觉得鸡大婶心里肯定还装着其他事，她只是不好意思跟我说，要不你过会儿回到家再细问一下。"他听后慌忙感谢王医生善意的提醒。

鸡大婶拿完药刚走进自家院门，她看福金的自行车停放在院子里，她慌忙呼喊福金的名字，福金竟然不吱声。她刚走进堂屋坐在沙发上时，公公竟然走进她家堂屋对她说："鸡大婶，我刚才在俺家门口携柴火又见到村支书，我跟村支书唠了会儿嗑，村支书说在王湾村医务室东面看见黑嫂和你一块拿药出来，我在家一烧完热水就来你家看你回来没有？你现在好点了吗？"她听后回答说："爹，我刚才发高烧，黑嫂正巧过来送谷种，她看我有气无力便背我去咱村医务室就医了，我现在吃完药好多了。"公公听她说完走出她家堂屋门便叮嘱她："鸡大婶，你以后一定得注意身体。"她听后点点头。

黑嫂把鸡大婶送到她家院门口就回家做晚饭了。她吃完晚饭觉得鸡大婶不让她对任何人说要喝农药寻死这件事的来龙去脉不恰当，她慌忙起身拿手电筒去鸡大婶的公公家告密，她想让鸡大婶的公公好好教训她一顿。

福金从王湾村医务室走进自家院门看鸡大婶正忙着烧火做饭。他在吃晚饭时询问："鸡大婶，咱家离村医务室又不算远，你怎么还喊黑嫂陪你一块去？"鸡大婶喝了一口汤回答："小福，黑嫂今天下午来咱

家送谷种，一看我的脸比较红，就背我去咱村医务室打针拿药了。我现在已经好了，你不用担心我。"他一吃完晚饭就对鸡大婶说："鸡大婶，我刚才在村里遇见村支书时，村支书竟然想把他家在县城中心地带买的一套门头房卖给我，咱家要不要？"鸡大婶听后愣了一下紧接着说："小福，咱家要是买了村支书家那套门头房，咱家的经济瞬间会很紧张，你觉得呢？"他听后慌忙说："鸡大婶，机会难得，咱还是买下村支书家那套门头房吧！以后好留给孩子做生意。"鸡大婶最终同意他的想法。

黑嫂照着手电筒走到半路上恰巧遇见牛生小两口正在散步。牛生忙问："黑嫂，你这是干吗去？"她回答说："小弟，我去福金爹娘家说点事，你俩好好散心吧！别太晚回家。"牛生待她走远以后便对老婆说："小妹，我觉得黑嫂心里肯定装着见不得人的事，不然的话，她不会大晚上的找大爷大奶去说。咱要不也过去一下，看看她在搞什么名堂？"牛生老婆紧接着说："牛哥，人家黑嫂有私事，咱可别瞎操心，你问好自己就行了，现在天气有点凉，咱回家休息吧！"牛生听老婆说完便和她一块回家了。

黑嫂走进福金爹娘家堂屋坐在沙发上时，大婶慌忙给她倒热茶、拿水果。大叔坐在方凳上笑着说："侄媳妇，今天多亏你把鸡大婶背去王湾村医务室看病，我刚才去鸡大婶家交代她远亲不如近邻。"她坐在沙发上打了一个哈欠，紧接着说："大叔，我今天这么晚过来想给你说点事，不说的话，我心里闷得慌。"大叔让她赶快说事，别闷出病来。她喝口茶说："大叔，我今天下午拎一包谷种悄悄走进鸡大婶家堂屋想送给她，我看鸡大婶坐在沙发上准备把一瓶敌敌畏喝下去，我慌忙从鸡大婶手上夺下来，鸡大婶一下子吓晕了，我慌忙背鸡大婶去咱村医务室就诊。至于鸡大婶为什么想喝药？鸡大婶走出咱村医务室小声对我说她前几天一直在牛生家陪他媳妇唠嗑。因为牛生他媳妇在前些日子去麦地锄草时不小心把身上的孩子晃掉了，牛生他媳妇恐怕牛生从县城煤矿回来打骂她，所以牛生他媳妇请鸡大婶待在她家好给她撑腰。牛生今天下午从县城煤矿回到家得知老婆怀的孩子没有了，他赖鸡大婶不怀好意天天喊他老婆去做农活才导致孩子走了，鸡大婶一气之下跑到家便想寻死，可巧被我及时相救。大叔，鸡大婶下午交代我别乱说，我觉得不告诉你的话，我寝食难安，所以我这么晚才过来对你说。"大叔一听便慌忙起身拿一根细棍子往院门外面跑去，她和大婶一看情况不妙，她俩慌忙跑出院门去追他。

牛生刚往院子泼完洗脚水，他听院门口有人边踢大门边嚷嚷道："牛生，你这个死鬼竟然怀疑俺儿媳伤了你家婴儿，你真是胡说八道！我今天非得揍残你，省得你出门乱吱歪，快开门，不然的话，我翻墙头进你家揍你。"他一听是福金他爹的叫嚷声，他立刻明白黑嫂刚才为什么去他家串门。他站在大门里面扯大嗓门说："福金家的老爷子，你现在可听好了，鸡大婶在俺家住了很多天，她自己说是喊俺老婆下田干活才导致孩子掉了，要不你去她家问问。"福金他爹听他说完随即说："死牛生，我这就去福金家问鸡大婶到底那样做了没有？她要是和你说得不一样，看我以后怎么收拾你。"他打发走福金他爹便进东屋休息了。

黑嫂跑到半路一下子把大婶拽住并对她说："大婶，咱俩跑得再快也追不上大叔了，咱坐在前面柿子树下歇会儿再去福金家吧！"大婶慌忙说："侄媳妇，你要想歇你歇吧，我可歇不起。老头子一旦暴脾气上来，鸡大婶可招架不了，我得去她家拉架。"她听后便又和大婶一块往福金家跑去。

福金他爹一脚踹开鸡大婶家院门紧接着又去踢她家堂屋门，福金他娘和黑嫂正好赶到鸡大婶家拉他，他一下子把她俩推开，福金他娘和黑嫂便一下子坐在院子沙土地上，他扔下细棍子大声对她俩叫嚷

道："你两个没用的东西来得真不是时候，我丑话先告诉你俩，过会儿我教训鸡大婶时，你两人都把嘴给我闭好了，否则的话，别再怪我对你们俩不客气。"鸡大婶躺在床上听公公说话的语气不对头，她瞬间明白黑嫂对公公告密了。福金已经起身去院子询问公公为什么会发火，她只好起身穿好衣服硬着头皮去院子应对公公的问话。她在心里暗暗发誓以后决不干那种大傻事了，她希望公公能原谅她。

牛生第二天一早一吃完早饭就去院子的槐树下面推自行车去县城煤矿做工。他走出院门正想骑自行车时，自行车链子一下子掉了，他慌忙把自行车倚靠在院门南面的石磨上，用两手缭好自行车链子便回家去洗手。他洗完手时，老婆送给他一副编织好的线手套让他戴在手上。他戴上线手套骑自行车骑到半路时，自行车后胎一下子发出一声响。他停车一看，自行车后胎没气了，他又把自行车推回自家院子放好。老婆看他回来了便慌忙问："牛哥，自行车又犯啥错了？"他立刻回答说："小妹，自行车后胎走到半路上一下子泄气了。"老婆听后紧接着说："牛哥，咱今天要不别去县城煤矿做工了，咱等明天再过去吧，你今天骑的自行车真是太不给力了。"他听后立马说："小妹，那可不行，我少干一天活就少挣一天钱，我以后还得给孩子在王湾村盖高楼呢！"他一说完便去堂屋拿出打气筒，给自行车后胎打完气又推自行车走出院门了，老婆站在院门口看他骑自行车骑很远才走进院门去洗衣服。

鸡大婶从屋内走到院子一看福金正听公公嘀咕，婆婆和黑嫂两个人正坐在院子沙土地上大口喘气。她哭着跪在福金爷俩身旁连磕两个响头，她的额头瞬间流血了，她请求福金爷俩原谅她刚才说一些谎话。福金慌忙扶她起来，她竟然趴在地上不起了。公公照她右腿踢了一脚让她起来，她不敢怠慢。公公用左手拍了一下她的右肩膀说："小丫头，你以后要是再敢对我撒谎，我马上让福金领你去县城民政局办

离婚手续，你从今往后不能和牛生小两口交往。福金从明天开始不能再去县城煤矿做工了，省得再和牛生厮混在一起变坏了。我有一朋友在县城中心开加油站，我打算明天一早把福金送到那里做工。"福金听后十分同意爹说的话，她听后慌忙感谢公公饶恕她。福金送走爹娘和黑嫂已经凌晨一点多了。福金用蓝药水给她涂抹完额头上的伤口便叮嘱她："鸡大婶，你以后要是再有伤心事想不通，咱多去爹娘家和他俩聊聊，咱可不能拿生命开玩笑。"她听后点点头。

牛生骑自行车骑到县城一所学校门口时，他身后有一个人骑着一辆摩托车一下子撞倒了他的自行车，他一下子趴在地上。摩托车车主慌忙把摩托车停放好去扶他，他的左胳膊感到刺骨的痛，摩托车车主慌忙骑摩托车带他去县城医院做检查。检查结果一出来，医生立刻对他说："小伙子，你的左胳膊粉碎性骨折，你需要打石膏休养三个月。"他听后唉声叹气。摩托车车主紧接着安慰他："小弟，今天都怪哥哥我在你身后骑摩托车太快，导致你受到伤害。过会儿医生给你打完石膏，哥给你买辆新自行车，我再赔偿你一些生活抚恤费，你过些时日就能来取石膏，你千万别有心理负担。"他听摩托车车主说完便立马原谅他。

福金起床走进堂屋吃完早饭正想去爹家喊他去县城另找工作，村支书一下子从外面走进堂屋来了。他慌忙请村支书坐在沙发上，他紧接着给村支书递上并点着一根烟。鸡大婶给村支书端热茶时，村支书看鸡大婶额头上涂有蓝药水，村支书问鸡大婶的额头是什么时候磕得伤？鸡大婶只好把事情的前因后果给村支书说了一遍。村支书听后对福金小两口说："小弟，小妹，我昨天下午在咱村小卖部门口恰巧遇见牛生，我和牛生唠了会嗑儿，我觉得这件事，你们两家都有错，小妹不该跟牛生老婆抢话说，牛生不该那么鲁莽地指责小妹，你们两家可不能因这件事闹得水火不容。我昨天叮嘱牛生抽空来坐坐，小妹要是

有空，也可去他家串门，你们两家今后要是断绝联系了，那等以后孩子出生了，他们到了上学的年纪一块上学，怎能不说话聊天？你们两家谁要是心眼小，谁以后绝对会吃大亏。小妹以后决不能一遇到烦心事就想着喝药自尽，人的生命只有一次，你要不好好活着，你就是天大的傻瓜。"福金小两口听村支书说完便报以热烈掌声。

福金他爹一早起来就头晕眼花，他忙让老伴扶他去王湾村医务室就诊。他在王湾村医务室打完一针回到家便让老伴给他煮十个鸡蛋，烧一锅小米稀饭。他一吃完早饭就躺在沙发上闭眼睡觉了。老伴洗刷完碗筷对他说下地拔菠菜，过会儿就回来，他没有搭理老伴，他开始打起呼噜。

牛生的左胳膊被医生打上石膏以后，他先让摩托车车主骑摩托车带他去县城煤矿找矿长请了三个月假，他紧接着让摩托车车主骑摩托车带他去自行车专卖店买了一辆中意的自行车，摩托车车主随后把摩托车寄放在自行车专卖店紧接着租了一辆机动三轮车送他回家。

福金小两口送走村支书便锁好院门去了爹娘家。他俩走进爹娘家的堂屋看爹正躺在沙发上休息，娘不知去哪儿了？福金蹲在爹身边呼喊他，爹没有吱声，他紧接着又喊两声，爹还是不吱声。他摸了一下爹的额头，竟然发凉了，他又摸了一下爹的双手，竟然僵硬了。于是他开始呜呜大哭起来，鸡大婶蹲在他身边慌忙问："福金，咱爸到底怎么了？"他一边哭一边吞吞吐吐地回答："鸡…大婶，咱爹…现在…咽…气了。"鸡大婶听他回答完也开始呜呜大哭起来。

福金他娘从田里拔完菠菜回到家看儿子儿媳蹲在老伴面前哭得泣不成声，她一下子明白是怎么回事了。她慌忙拉儿子儿媳起来，她吩咐他俩赶紧去村大队喊村支书，好过来给老伴择日子。

摩托车车主把牛生送到他家院门口便把新自行车从机动三轮车斗子上搬下来停放好，摩托车车主紧接着给他二百块钱，然后就坐机动三轮车离开了。他刚走进自家院门，他看老婆正站在院中翻晒麦瓤，他走到老婆身后拍了一下她的左肩膀，老婆转头一看他的左胳膊打上石膏便一下子哭起来。他立马说："小妹，哥今天真是太倒霉！当我骑自行车骑到县城一所小学门口时，我身后有一个人骑一辆摩托车一下子把我和自行车一块撞飞了。所幸的是摩托车车主的素质比较高，他带我去县城医院找医生给我的左胳膊打上石膏紧接着又带我去县城煤矿找矿长请了三个月假，他随后还给我买了一辆新自行车并给我二百块钱生活费就租机动三轮车把我送回来了，新自行车现在就停放在咱家院门口。"老婆听后慌忙擦干眼泪去院门口把新自行车推进了院门……

王湾村村民听村支书在大队广播说福金他爹去世了，他们都非常难过地去福金家悼念他。牛生小两口在福金发送老大爷那天去福金家吊唁他时，福金小两口异常激动。福金看牛生的左胳膊上打着石膏便嘘寒问暖一番，鸡大婶和牛生老婆两个人又如亲姐妹一样说起话来。福牛两家的关系从那天开始又恢复如初、其乐融融。

三

牛生的儿子牛粪在读小学的时候经常在班里给同学讲一些稀奇古怪之事。有一天中午课间操时间，班里又有一群同学围在牛粪四周听他讲故事。他不紧不慢地说："同学们，咱学校北面的北山顶上有神仙念经。有一次我独自一人去爬北山时，我有幸在山顶遇见他。我跟神仙学了几句神话，他驾鹤把我送到山下送给我一包糖果，我吃完糖果以后，我的脑袋瓜子比以前更聪明了。"班里那群同学听他说完让他抽空带他们去北山拜访神仙。

　　牛粪在小学毕业前夕，他班班长有一天在学校食堂吃完午饭回到教室问他："牛哥，你什么时候带我们班同学去爬北山？"他紧接着回答："小弟，神仙每三年从天上驾鹤到北山山顶观光一次，俺那次在北山山顶遇到他真是万分有幸，要不我这周周六带咱班同学去北山山顶看看神仙去没去观光？"他班班长听他说完很乐意地答应了，他让他班班长周六早晨组织好他班学生在学校门口等着他。

　　牛粪周五下午放学回到家把周六早晨带同学爬山的事给牛生说了一下，牛生让他注意人身安全。他只好开口问牛生要两个零花钱，牛生闲他花钱买零食便坚决不给，他硬是缠着牛生要，牛生一气之下给了他一耳光，他气地直跺脚，他便跑出家门解闷气。他跑到小河边坐在光滑石头上看一群鸭子正欢快地在水中嬉戏，他看群鸭挺可爱，他在脑海中开始浮想联翩："一只鸭子值好几块钱，我要是下水全捉住，能卖好多钱，我留出一部分钱可以买小鸭子喂养，余下的钱我可以给同学买零食吃。可是要让村里人看见了，那该多丢人，富人家的孩子竟然手不干净。唉！爸爸咋不疼爱我？我又不是捡来的。妈妈呀！你怎么生完我就走了，我还没有长大呢！"

　　夕阳渐渐落下山头，群鸭已经上岸，有两只鸭子竟然蹲在牛粪身旁，他低下头伸出手抚摸它俩，两只鸭子你一声我一声地叫唤着，他觉得它俩正在为他唱歌，要是用人语，那就更好了。他的肚子饿得咕咕响，他起身整了整衣领，两只鸭子也跟着他站起来，它俩都用头蹭他的裤角，他又低头看了看那两只鸭子，他忽然发现地上有两门鸭蛋，他弯腰捡起来亲了亲放进衣袋里。

　　牛生后悔打牛粪，牛粪毕竟还是小孩子，要钱买东西很正常。他走进牛粪房间把他床上的枕头竖着摆放，他紧接着把一些一元、两元、五元的纸币掖到牛粪的枕头下面，他随后走出牛粪房间便去厨房给他下了一大碗鸡蛋面，炒了一盘土豆丝。

牛粪走进家看牛生正劈柴。牛生忽然咳嗽一声询问："小牛，你刚才去哪儿了？"他回答说："爸，我刚才去河边寻乐去了。"他说完紧接着把在河边捡到的鸭蛋从衣袋里掏出来给牛生，牛生慌忙把斧头放下，双手接过鸭蛋。牛生随即对他说："儿子，你赶紧去厨房吃晚饭，等明早我给你炒鸭蛋吃。"

牛粪吃完晚饭洗刷完碗筷，牛生问他："儿子，你以后想去县城还是想在乡下就读初中？"他回答说："爸，我要是走远了，怕你老人家想我，我还是在乡下就读初中吧！我每晚好陪你唠嗑儿。"牛生听他说完便欣喜地笑了……牛粪在晚上临睡觉前把枕头放正时，他一下子发现枕头下面有许多零花钱，他瞬间明白爸爸对他还是蛮疼爱，以后更得好好学习报答爸爸。

周六这天天刚刚亮，牛粪就起床了。他匆匆忙忙地洗完脸、吃完饭便出门去买零食、会同学、爬北山了。

牛粪在小卖部买完零食便兴高采烈哼着小曲向学校门口走去，班里同学早已整齐地排好队伍站在学校门口等着他。他走到学校门口便把买的零食分给班里同学，班里同学都连声道谢。他走在队伍的前面带领班里同学往北山行进。当他们途经一片果园时，桃子露出鲜红的笑脸，苹果笑眯眯地立在枝头。他们真想一下子全摘下来，可是有铁栅栏围着，他们只能眼巴巴地走过去。

北山的半山腰上开着一大片黄花，班里同学都你一把我一把地采摘起来。牛粪仔细地寻找小石块，因为他家的菜刀不锋利了，他想背几块磨刀石回家。天气本来挺好，一下子变了样，太阳躲进了云层里，看来老天爷想下大雨了。班里同学都催他带领他们去北山山顶看一看神仙。他笑着说："兄弟姐妹们，现在天气不好，山上雾气太浓，咱以后再爬到北山山顶看神仙吧！"班里同学听他那么一说便没有去北山山顶看神仙。他们站在北山的半山腰往山下看，有的农民伯伯正

在田间地头锄草，有的农民伯伯正在帮人家盖房，有的农民伯伯正在菜园挑水浇菜，有的农民伯伯正在大路边卖瓜果。他班班长忽然说："兄弟姐妹们，咱后天回到学校还需努力学习科学文化知识，咱以后好往父母脸上添光彩。"他听后便鼓掌叫好，班里其他同学都给他班班长竖起了大拇指。

正午时分，天上开始嘀嗒起雨点，他们都小心翼翼地往北山山下走去。牛粪一不留神，滑了一跤，裤子上划出一道口子，鞋底也磨烂了。他班班长立刻扶他坐在一块平滑的石头上，班里其他同学都站在牛粪两侧看他两腿伤的怎么样？他把两腿裤角卷到膝盖，他用唾液擦拭完伤口便放下两腿裤角起身慢悠悠地往北山山下走去……

牛粪在乡下就读初中异常贪玩，他每天下午一放学（特殊天气除外）就邀上几个球友一块去学校操场上打篮球。牛生经常吃完晚饭询问他的各科成绩，他总是自豪地说："爸，我的各科成绩在班里考第一。"牛生生怕他撒谎，有一回偷偷跑去学校办公室询问他班班主任："李老师，俺儿牛粪的各科成绩考得怎么样？"他班班主任笑着说："大叔，牛粪的各科成绩每次都在班里数第一，你待在家放心好了。"牛生听后感到无比自豪。

牛粪在乡下读完三年初中考上县城师范正榜，牛生置办酒席邀请邻居、亲戚、朋友喝他喜酒。牛粪给福金敬酒时，福金叮嘱他："小孙子，你在县城师范一定得好好学习各门功课，咱将来好进名校任教。"他听后紧接着说："爷爷，您请放心，我一定不会辜负您对我的一片期望。"

牛生有一回看牛粪从县城师范回家时变得又黑又瘦，他十分心疼地对牛粪说："儿子，你在外面读书一定得注意身体，咱想吃什么就在县城师范食堂买点什么，要是钱不宽裕，你随时往家打个电话，我会及时地给你送过去。"牛粪听他说完便笑着说："爸，你老人家不用担心我，我在县城师范能照顾好自己，你老人家待在家里一定得养好自己的身体，你没事可以去村头小卖部门口打打扑克、下下象棋。"他听后格外高兴。

牛粪在县城师范就读期间谈了一个女朋友。他第一次坐火车送女朋友回家度假便见到了女朋友母亲，他慌忙给女朋友母亲问好，女朋友母亲一问完他家情况就对他说："小伙子，俺家闺女可是千金大小姐，你俩只能当好朋友，你们不适合做夫妻。"女朋友听后立刻说："妈，我和牛哥两个人已经认识很长时间了，你千万别瞧不起人家，牛哥可是我们中文系的大个大，中文系教授经常请牛哥替他讲学，牛哥的前途一片光明。"女朋友母亲听后紧接着说："宝贝女儿，咱家可是百万富翁，你爸作为沙发厂厂长，他希望你找一个家庭条件比较好的对象，牛家这辈子不具备娶你的资格，你别整天痴心妄想了。"他听女朋友母亲说得太过离谱便立马说："大姨，俺家条件虽然不如你家条件好，但你也不能那么绝对地贬低俺家。我从今往后再也不会来你家串门了，你闺女爱找谁找谁去，我可不能耽误她的大好前程，从今天开始，我俩就彻底分手。"他一说完就跑出门去。女朋友起身要追他时，女朋友母亲一下子把她拽住，女朋友使劲挣脱也无济于事。那一晚，女朋友被母亲锁在自个儿房间哭了许久以后便趴在床上给牛哥写了多封致歉信，女朋友打算回到学校送给他。

牛粪坐火车回到家异常烦闷。牛生看他一脸不悦，便在吃晚饭时问他："儿子，你今晚这是怎么了？"他回答说："爸，我上次回家对你说在县城师范谈了一个女朋友。她昨天一早带我去她家做客时，女朋友她妈一见我就一个劲儿地打听咱家情况并对我说三道四，她还说咱家这辈子娶不起她闺女，我当面就提出和她闺女分手。爸，我是不是有点太绝情？"牛生听后紧接着说："儿子，你做得不错，你捍卫了自个儿的尊严。女孩她妈真是够傲，咱家可和她家攀不起。儿子，等你

从县城师范毕业以后，咱找一户憨厚人家的闺女当老婆。"他听后随即说："爸，我赶明儿不想在县城师范看见她了，我想休两年学再去县城师范读书。"牛生听后气地把碗筷往地上一扔立刻说："儿子，你和那个女孩分就分了，你怎么又扯到学业上来了，你俩虽然在婚姻上没有成功，但你俩以后还可以当好朋友，咱可不能因为女孩母亲那几句离谱话误了两年学业，宰相肚里能撑船嘛！"他听后便点头同意牛生所说的话。

牛粪从县城师范一毕业就被校长分配到县城高中教书，他两周回家一次。

牛生前些时日被邻村小学校长聘请去学校食堂给孩子做午饭，小学校长每天都固定开他工资。

福金在县城中心买完房还上贷款，鸡大婶为他生下一个女孩，婆婆给女孩起名叫福云。

福云从小非常顽皮，她特别像一个男孩子。她在就读小学时，经常逃课去操场的一个小角落一边唱歌一边练习打拳。班主任老师不止一次地去操场那个小角落拉着她的手去办公室说教她。她就是不悔改，班主任老师在她就读小学三年级时就把她劝退回家了。

牛粪在县城高中干有两年便辞职了。他一来闲工资不高，二来觉得离家太远，不能天天陪老父亲把酒话桑麻。他辞职回到家跟父亲商量一番以后便去王湾村蔬菜大棚给王金锤打零工。

王金锤是老矿工王铁锤的儿子，他在外县勤勤恳恳打了十年零工有了一定资本以后，他在家乡的焦山脚下建了一个蔬菜大棚。他凭外出学习先进的技术种植各种蔬菜，他收获的有机蔬菜色泽鲜美，他送到县城各大超市供不应求。于是他开始雇用很多工人，他们帮他锄草、摘果、装箱、运输，他如今名副其实地成为王湾村第一富人。

福云在十岁那年春天，她在福金面前说想跟着他一块去县城煤矿做工，福金略微一思考就同意了。她每次从县城煤矿回王湾村都拎一包东西去奶奶家看望她，奶奶一看福云来看她便慌忙给她做辣子鸡吃，她每次都咀嚼得津津有味。她每次临离开奶奶家时，奶奶都送给她一包花生米，让她在煤矿做完活好当干粮吃。

福云每天下午从井下来到井上总是累得上气不接下气，她去县城煤矿食堂吃完晚饭回宿舍小憩一阵以后，她经常请同事一块去县城影院看电影，同事都非常开心地答应了。

牛粪刚在蔬菜大棚做工半年，牛生让他去邻村小学任教，因为邻村小学太缺老师。

牛生最近一个月喝了五次喜酒，他回到家以后却非常犯愁，牛粪干了多年老师，邻村有许多花姑娘经常周末去他家找牛粪，她们都说想和牛粪成家，牛粪却一个又一个地拒绝了。他经常周末在牛粪吃晚饭时规劝："儿子，你现在老大不小了，你别再挑对象了，你该成家了。"牛粪总爱用"不急不急"回答他。

福云有大半年没有去县城中心街买衣服了，同事再过几天就该结婚了，她打算周末骑自行车去县城中心街买身漂亮衣服。

牛粪好久没去县城观光了，他趁周末休息便步行去县城游玩。他首先步行来到县城公园里逛了一圈，他看个个动物精神抖擞会扮小丑，吸引大批游客拿着相机驻足拍照。他走出公园时，他看公园门口的小广场上有三三两两的孩子在放风筝，他不由得又回想起自己的童年。每当春天来临时，他经常下午放学喊一群小伙伴去麦田里放风筝，他们手中的丝线越拉越长，心情也越来越舒畅。

福云在县城中心街的一家衣服店看中一身红色衣服，她问了问价格，老板要价有点贵，她刚走出店门没多远，老板慌忙跑出店门大声对她说便宜出售。她又回头走进那家衣服店，她在试衣间穿上那身红色衣服照了照镜子，她人显得特别洋气。她走出试衣间问老板："大

姐，这身红色衣服到底需要多少钱？"老板笑着反问："小姑娘，你打算给我多少钱？"她慌忙走进试衣间拿出钱袋看了看，她回答说："大姐，我的钱袋里只剩下十五块钱了，我过会儿吃午饭需要五块钱，这身红色衣服要是十块钱的话，我还能承受得起，不然的话，我再去其他店铺买衣服。"老板听她说完便毫不迟疑地把那身红色衣服卖给她。

牛粪然后步行来到县城中心街，一股炒花生的香味扑鼻而来，他左顾右盼终于找到那家店铺。他走进那家店铺买了两包炒熟花生，他坐在店铺门口的石凳上吃了一包，他把余下的一包揣在怀里起身继续往前逛。他走着走着忽然看见不远处有一群人在围观，他跑过去一看是一位老汉正耍猴，他甚是兴奋地看了起来。

福云穿着那身红色衣服走出那家衣服店，她感觉自个儿脱胎换骨，活像一个小皇后。她推着自行车继续逛街，她走着走着忽然听见前方有叫喊声，她立马骑自行车往前赶路，她想探个究竟。她离近停住自行车一看是一位耍猴的老汉正指挥两只猴子拉小地排车围着一辆自行车转圈圈，两只猴子一连转了十多圈。她看着看着，眼泪都流下来。耍猴的老汉叫停时，有许多人往耍猴的老汉身边扔一角钱硬币，耍猴的老汉慌忙蹲下身子往口袋里捡硬币，两只猴子便用两只前腿给围观的人道谢。

福金舅舅家的表弟周末吃完早饭步行去县城煤矿找福金办事。他一见福金就亲切握手并对他说："大哥，俺儿五·四该结婚了，我今天来这里求你帮我买点好煤烧火，到时候你一定得去喝俺儿喜酒。"福金一听便豪爽地答应了，福金紧接着邀请他去县城煤矿食堂喝两盅再回去，他非常爽快地答应了。他在吃午饭时问福金："大哥，福云找妥对象了吗？"福金摇摇头。他紧接着规劝福金："大哥，你现在别愁得慌，福云到了一定年龄自会遇到心上人。"

牛粪看完老汉耍猴，他最后步行来到一家饭馆吃午饭。

福云看完老汉耍猴便走进一家饭馆点了一大碗猪肉水饺，她紧接着找了一个靠窗的餐位坐下来，她在等待牛肉拉面的间隙里使用左手托腮看窗外两只麻雀正叽叽喳喳唱歌。

牛粪往猪肉汤里面放辣椒油太多，喝得他满脸通红，宛如狗血喷在脸上。他喝完猪肉汤，手拿那包炒熟花生转身正想出门，他一下看见福云正在小心翼翼地吃猪肉水饺，他慌忙走到福云身边给她打招呼。福云抬头一看是老乡，这着实把福云吓了一跳。福云慌忙问："牛粪，你今天怎么有空来这里吃饭？"牛粪笑着回答："大姑，我今天不上班，所以我特意来县城中心街光顾这家饭馆。"他说完紧接着把手里的那包炒熟花生放在福云吃饭的大碗旁边让她尝尝鲜，福云撕开袋口拿出一个炒熟花生剥开尝了尝，福云夸花生超级好吃，他听后格外高兴。

福云吃完午饭和牛粪一块走出那家饭馆，她走到自行车旁边问："牛粪，你什么时候回王湾村？"牛粪站在自行车旁边回答："大姑，我今天不上班，要不我现在骑你的自行车带你去县城影院看场电影再回家。"她听后便很爽快地答应了。

牛粪停放好自行车和福云一块来到县城影院门口，一下子碰见黑嫂的闺女白鸽和她同学也一块来这里看电影，牛粪立刻给三位美女买了电影票，她们仨都高高兴兴地走进县城影院看电影。

牛粪同三位美女在县城影院看完电影便给她们仨各买一串冰糖葫芦，白鸽和她同学两个人慌忙对他说了一声谢谢。她俩说完谢谢便同他俩告别，他随后骑自行车送福云回县城煤矿宿舍休息。

福云坐在自行车上唱起了《爱的奉献》《十五的月亮》，牛粪听她唱完便连声叫好。牛粪随后哼唱起《同桌的你》《再回首》，她听牛粪唱完也啧啧称赞。

福金开机动三轮车给舅舅家的表弟送完煤回到县城煤矿宿舍便骑

自行车去小卖部买白莲牌香烟。他买完白莲牌香烟刚走出小卖部，他恰巧遇见牛粪骑自行车带着福云，牛粪慌忙停住自行车给他打招呼，福云下了自行车背对他不敢说话。他问牛粪："小牛，你带福云干嘛去？"牛粪回答说："福金爷爷，我今早步行来县城游玩，我在一家饭馆吃完午饭恰巧碰见大姑，我俩便一块去县城影院看了场电影，我现在骑自行车正送她回县城煤矿宿舍休息，我可巧在这儿遇见您。福金爷爷，我好久没见您老人家了，我现在想去县城煤矿宿舍陪您唠唠嗑儿。"他听后便邀请牛粪去县城煤矿宿舍唠唠嗑儿……

四

牛花是牛粪的宝贝女儿，她在外地就读大学期间有很多男生给她送情书，她把一封接着一封的情书全撕掉了。她大学一毕业就考进县城财政局上班，她和同事相处得格外融洽。

福金的儿子福雨当下在县城中心地带的自家门头房开了一家饺子馆，生意十分红火。福雨的儿子福宝当下在县城实验一小就读六年级，他的学习成绩非常优秀，爸妈都很高兴。

牛花的好姐妹都已经拿完驾照开小轿车旅游了，她不甘落后于好姐妹，她一休年假就去金飞驾校报名交费。她待在家用电脑做科目一练习题竟然一个劲儿地做错，她不断地鼓励自己勤能补拙、熟能生巧。

福雨在福宝放寒假时，他们一家三口有一天早晨坐火车去泰山旅游。福宝坐在火车座位上声情并茂地给爸妈背诵了杜甫的《望岳》："岱宗夫如何？齐鲁青未了。造化钟神秀，阴阳割昏晓。荡胸生层云，决眦入归鸟。会当凌绝顶，一览众山小。"福宝紧接着给爸妈讲道："爸，妈，我记得刚读小学四年级的时候，语文老师在讲《记金华的双龙洞》时，他不由得回忆起自个儿爬泰山的感受，他说泰山风景秀丽、云海壮观、日出夺目。我们全班同学听他说完都特别想去泰山开开眼界，我万万没想到你们今天竟然带着我去泰山游玩。"爸妈听福宝说完都吻了一下儿子的脸蛋，妈说以后会经常带福宝外出旅游，好开阔视野，提高审美能力。

牛花待在家用电脑做了一周科目一练习题，她觉得稳妥了便预约科目一考试。她坐公交车去县城车管所考科目一那天，天空中飘起了雪花，她下公交车走到科目一候考大厅看考科目一的人排起长队刷完身份证才能走进考场考科目一，她只好站在队伍后面排队等候。

福雨一家三口下火车吃完午饭便步行来到泰山脚下，他们没有坐缆车去泰山山顶，他们步行登石阶往泰山山顶行进。福宝平生第一次登那么多石阶，累得福宝气喘吁吁。福雨鼓励福宝："宝贝儿子，爸爸看好你登石阶登到泰山山顶欣赏风景。"福宝听后便加快了登石阶的脚步。

牛花第一回在考场电脑上做科目一十分紧张，她考了八十八分，离及格还差两分；她紧接着又抽题考科目一，她考了八十五分，离及格还差五分。她气得用手拍了三下自己的额头，她只能过几天再预约科目一考试。

福雨一家三口在黄昏时分终于登石阶登到了泰山山顶，福宝高兴得又蹦又跳。泰山山顶凉风劲吹，福雨慌忙从背包里面掏出羽绒服给福宝穿上，生怕福宝着了凉。福雨一家三口在泰山山顶的旅店将就睡了一宿，静等太阳从岱顶东方升起来。

牛花最近几天一下班就回到单位宿舍拼命地在平板电脑上做科目一练习题。她再过两周就又该考科目一了，她希望能够考一个满意的成绩。

天刚蒙蒙亮，福雨就起床了，他慌忙走出旅店看岱顶东方有没有

日出？

牛花闺蜜她儿当下在翔宇翼云中学就读初一，他的学习成绩非常优秀。牛花周二一早刚走进单位大厅，闺蜜便邀请牛花一块去翔宇翼云中学操场上听她儿给全体师生做演讲，牛花听后慌忙说："张姐，我过会儿得忙工作，我不能陪你一块儿过去了。"闺蜜听后紧接着说："小妹，姐真心求你过会儿请半天假陪我一块去翔宇翼云中学操场上听听俺儿做演讲，看看他表现的怎么样？"牛花听闺蜜把话说到了这份儿上也就答应了。

福雨走到旅店外面看天空中下起淅淅沥沥的小雨，他们一家三口这次来泰山山顶真是无缘看日出了！虽然他们一家三口没看到日出，但是他们一家三口看到了壮观的云海，这让福宝大饱眼福。福雨用手机拍下好多张照片，回到家好和亲人一块分享。

牛花跟着闺蜜走进翔宇翼云中学，她看教学楼、餐厅和宿舍的墙壁粉刷一新，学校篮球场上也粉刷了红绿相间的油漆。她和闺蜜一块来到操场东头的柳树下面侧耳倾听闺蜜她儿在主席台上给全体师生做演讲。

牛花听闺蜜她儿在演讲中讲道："翔宇翼云中学的伙伴们，咱们在学校里一定得好好珍惜有限的时间，切实提高学习效率。"她听后觉得这一句话非常经典，她把这一句话用微信发给了小舅，她希望小舅以后告诫表弟也要这么去做。

牛花听闺蜜她儿演讲完便热烈鼓掌欢迎。闺蜜看她儿走下主席台回到了班级队伍里，闺蜜紧接着邀请她去班级队伍里看看她儿。她跟着闺蜜走到她儿面前时，她儿慌忙叫姨姨，她夸她儿真懂事。闺蜜把给她儿带的牛奶和火腿肠从背包里面掏出来交给他，他慌忙说了句："谢谢妈妈。"闺蜜听后异常高兴。

牛花忽然被一本书砸了一下左肩膀，她慌忙转头往后看，帅哥老师立马对她说："小妹，实在对不起，我刚才从班级队伍前面往后走着巡视学生时，我一下子抓到一名学生正在看言情小说，我气得给他扔了，我万万没想到这本言情小说一下子飞到你身上，你要是哪儿不舒服，我现在可以带你去学校医务室看一下。"她听后笑着说："帅哥老师，我的左肩膀没大碍，你赶紧忙工作吧！"闺蜜听他们俩说完便慌忙对帅哥老师说："帅小伙，你以后要是再在学校操场上收到学生的言情小说可不能往一边扔，你今天要是把俺闺蜜砸伤了，后果可要自负。"帅哥老师听后便慌忙感谢大姐善意的提醒……

福雨把在泰山旅游照的照片传到好友微信里全洗了出来，他专门用一本影集放好并起名为——翱翔泰山。福宝在除夕那天清早跟着爸妈回王湾村见到奶奶和大姑一家人时，福宝慌忙从背包里面掏出影集给他们四个人看，牛花称赞照片里的人和风景真是美极了！

功夫不负有心人，牛花正月初八在考场电脑上做科目一做了九十八分，她自个儿也长舒一口气。她打算过完元宵节利用周末时间去金飞驾校跟胡教练好好练习科目二，等五·一前后好预约科目二考试。

转眼之间，福宝即将小学毕业，爸爸想让他报考翔宇翼云中学，学校管理比较严格，对他的学习大有裨益；妈妈想让他报考县城公立中学，学校管理比较松散，他的学习压力会比较小。

牛花周六一早从单位宿舍提一大包东西去小舅家做客。福宝开门一看表姐来他家做客了，便慌忙给表姐倒热茶、拿水果。她坐在小舅家的连椅上吃完一个苹果问福宝："小弟，你小学快该毕业了，你打算去哪儿就读初中？"福宝坐在沙发上紧接着回答："姐姐，爸爸想让我去翔宇翼云中学读书，妈妈想让我去县城公立中学读书，我现在有点拿不定主意，你说我去哪所学校就读初中比较好呢？"她听后便毫不犹豫地对福宝说："小弟，翔宇翼云中学有先进的教学设备，有一流的师资队伍，你要是不去翔宇翼云中学就读初中岂不是太可惜了。"福宝听后立刻说："姐姐，那我过几天就让爸爸带我去翔宇翼云中学报名，好参加以后的新生分班考试。"她听后预祝福宝以后在翔宇翼云中学学习愉快。

牛花刚开始在金飞驾校跟着胡教练学习科目二时，她被胡教练批得一无是处。她觉得自己比别人的车感差，她专门请了一个月假好天天跟胡教练学习科目二。她经过不断地练习倒车入库、侧方位停车、直角拐弯、陡坡起步、走"S"线和在手机上看这五项视频，她比起初学时有了明显进步。

福宝周六晚上对爸妈说他特别想去翔宇翼云中学就读初中时，爸爸高兴地一蹦三尺高，妈妈虽然脸色阴沉不太好看，但是爸爸规劝道："小妹，翔宇翼云中学的教学质量和管理水平遥遥领先于县城其他初中，咱儿要是以后从翔宇翼云中学毕业了，他一定能够考上县城实验高中，咱家到时候会很光彩。"妈妈听后便同意爸爸所说的话。

牛花在五·一前夕预约了科目二考试，她在放五·一假时又加班加点练车，争取一把考过去。她在考科目二的前一天中午，她万万没想到会在金飞驾校的科目二场地遇见帅哥老师，她慌忙给帅哥老师问好，帅哥老师紧接着问她："小妹，你练科目二有多长时间了？"她笑着反问："帅哥老师，我现在已经练一个多月科目二了，我明天就该考科目二了，你呢？"帅哥老师回答说："小妹，我也练一个多月科目二了，我也明天考科目二，要不咱俩明天一块坐公交车去科目二考场考试。"她听后紧接着说："帅哥老师，咱等明天再说吧！"帅哥老师听后慌忙点了点头。

牛花下午开教练车在科目二场地跑全场时，帅哥老师紧紧跟在她所开的教练车前面帮她看点，她开教练车一连跑完五圈，她没有犯下任何错误，她感到无比自豪。

　　帅哥老师等牛花从教练车上一下来就问："小妹，你现在坐什么车回家？"牛花慌忙回答："帅哥老师，我今天从县城单位门口坐公交车过来练车，我现在想坐公交车再回去。"他听后紧接着说："小妹，我今天也是从县城单位门口坐公交车过来练车，我现在也打算坐公交车回去，要不咱俩一块回县城吃晚饭，咱明大好一块坐公交车去科目二考场考试。"牛花听他说得很有诚意便点点头。

　　金飞驾校门口有一家小卖部，小卖部里面卖各种零食和饮料，帅哥老师走到小卖部门口便慌忙走进去买了两瓶脉动出来，他随后把其中一瓶脉动送给牛花，牛花有点激动地说："谢谢你，帅哥老师。"

　　牛花和帅哥老师一块在县城公交总站下车，帅哥老师一走下公交车就问："小妹，今天我请客，你想吃点什么？"她立刻回答："帅哥老师，我这个人从来不挑食，你今天请我吃啥，我就吃啥。"帅哥老师听她那么一说便带她去公交总站北面的餐馆就餐。

　　福宝周四下午放学回到家对妈妈说特别想吃油饼，妈妈给他五十块钱让他自己步行去买。他在油饼店买完油饼跑出来不小心撞了一下帅哥老师的左胳膊，他慌忙停住脚说："帅哥，对不起，怪我跑得有点急。"牛花站在帅哥老师身后一看是福宝，便慌忙走向前对他说："小表弟，你以后买完油饼可别急着跑出来，你现在要是没吃晚饭的话，咱要不一块进去用餐。"他听后立马给牛花眨了一下右眼说："姐姐，我刚吃完晚饭，这不我刚给爸妈买完油饼，我得赶紧回家给他们送去，不能饿坏了他们，你赶紧和帅哥一块进油饼店愉快用餐吧！"帅哥老师听后刚想夸他懂事，他却跑开了。

　　福云最近一段时间光忙着给花生和花椒喷洒农药了，她三周没打电话询问牛花学车学得怎么样了？她周四晚上给牛花打通电话问她："闺女，你现在考完科目二了吗？"牛花慌忙回答："妈，我等明天下午一考完科目二就回家见你老人家，我现在正和好朋友一块吃晚饭，

咱明晚再好好唠嗑吧！"她听后立马挂上了电话。

牛花已经在县城财政局上了三年班了，这是她第一次来这家餐馆吃油饼、喝母鸡汤。帅哥老师问："小妹，油饼和母鸡汤的味道怎么样？"她笑着回答："帅哥老师，这是我迄今为止吃过的最香甜的油饼、喝过的最美味的母鸡汤，谢谢你宴请我。"帅哥老师听后紧接着说："小妹，你只要喜欢吃这里的油饼、喝这里的母鸡汤，我以后就天天请你过来品尝。"她听帅哥老师说完激动地流出眼泪，帅哥老师慌忙起身从裤兜掏出纸巾给她擦拭。

福宝跑到家便把油饼放在了饭桌上。他走进卧室做完家庭作业去客厅喝一杯凉透的茶水时看爸妈吃油饼吃得津津有味，他一气喝完那杯凉透的茶水便有板有眼地对他俩说："爸，妈，我今天下午买完油饼刚跑出店门却不小心碰到一位帅哥的左胳膊，我慌忙给他道歉，他对我笑笑，没说什么，我真是好幸运！"爸听后紧接着说："儿子，你今天下午买完油饼一不小心撞到别人就慌忙给人家道歉，你在这一点做得不错。你以后要是再在那家店铺买完油饼可别急着跑出来，又没人跟你抢。"他听后慌忙说："爸，妈，我今天碰到的那个人可不一般，俺表姐跟在他后面邀请我一块去吃晚饭，我怕他俩说话不方便就跑回来了。"妈听后立马让爸给他表姐打个电话问问她还来不来他家说说话、聊聊天？

帅哥老师请牛花吃完晚饭便盛情邀请她去翔宇翼云中学办公室坐会儿说说话，牛花非常爽快地答应了。

村支书的仁兄弟前两天托他给他儿介绍对象。他儿去年在山大读研究生，一毕业就考进县城税务局上班。他儿到现在还没有找妥对象。他思来想去好一阵子不知给他儿介绍谁比较合适？有一天夜里，他做梦梦见牛花在菜市场买大蒜，他早晨一起床就自言自语地说："我今天抽空得去牛粪家给他闺女介绍对象。"

黑嫂最近肠胃不太舒服，她今早让儿子开车拉她去县城医院打吊瓶。她晚上跟儿子一块去县城医院外面散步走到翔宇翼云中学门口的展牌前时，他们娘俩一下子遇见牛花正和一帅小伙牵手秀恩爱，牛花慌忙把手松开给奶奶和叔叔打招呼。帅小伙等牛花给他们娘俩打完招呼，也给奶奶和叔叔问了声好。她听后笑着说："小帅哥，奶奶哪天好能喝上你的喜酒？"帅小伙听她说完紧接着说："奶奶，你别着急，我到结婚那天一定事先请你过去。"……

牛花刚走进帅哥老师的办公室帮他批改第一本语文助学，她的手机铃声一下子响起来，她慌忙放下红笔从裤兜掏出手机，她一看是福雨打过来的电话，她接通电话问："小舅，你给我打电话有啥事？"福雨紧接着反问："牛花，你舅我现在给你打电话想问问你现在还来不来我家坐会儿唠唠嗑儿？"她回答说："小舅，我当下正在翔宇翼云中学帮好朋友批改语文助学，我今晚就不去你家了，我等以后有空再过去。"福雨听她说完便叮嘱她："牛花，你今晚批改语文助学可别累着，争取早点休息。"她听后慌忙说："小舅，谢谢你关心我。"福雨紧接着说了一句"别客气"便挂上电话。

村支书一吃完午饭就提着竹篮去自家菜地摘豆角。他走到村口恰巧遇见鸡大婶，他慌忙给鸡大婶打招呼，鸡大婶紧接着问他："大哥，我前几天感冒去咱村医务室打针碰见雪人也打针，他现在好了吗？"他听后反问："鸡大婶，他现在已经恢复好能做活了，你现在恢复得怎么样了？"鸡大婶紧接着反问："大哥，我现在也好了，你提竹篮干吗去？"他回答说："鸡大婶，我好多天没去俺家菜地摘豆角了，我看豆角老了没有。我过会儿摘完豆角正想去你家送你点儿好炒着吃。"鸡大婶听后立马说："大哥，福云家菜地种了很多豆角，她前些日子送我的豆角还没吃了，你赶紧去你家菜地摘豆角吧！"他听鸡大婶说完便径直往自家菜地走去。

福雨一挂上牛花的电话就对老婆说:"大小姐,我刚才在电话里面听牛花说她正在翔宇翼云中学帮好朋友批改语文助学,她今晚就不来咱家唠嗑儿了,我觉得老师这个职业挺好,他们很会教育孩子,不知牛哥会不会同意这门婚事?"老婆听他说完紧接着说:"公子哥,牛哥只要同意这门婚事,咱儿以后就读初中就交给牛花的对象教育。"福宝听妈妈说完慌忙说:"妈,那以后表姐要是真和帅哥老师结婚了,那我在翔宇翼云中学考试要是没有考好,是不是都怨帅哥老师没有教育好我?"妈妈听福宝说完立刻说:"儿子,你表姐以后要是和帅哥老师结婚了,我和你爸想让帅哥老师再好好给你补习功课提高成绩,你要是偶尔有一次考试没有发挥好,纯属正常,哪能怪人家没有教育好你,毕竟世上没有常胜将军。"福宝听后点点头回卧室阅读故事书。

黑嫂第二天下午从县城医院出院走到自家门口看院门大敞着。她走进院门一看,女婿雪人正在给老黄牛喂青草,牛儿的肚子吃得鼓鼓的。雪人伺候完老黄牛紧接着往鸡盆里舀了一瓢水,那群胖乎乎的老母鸡都把鸡头伸进鸡盆里面抢水喝。

付出总会有回报,牛花在科目二考试中考了满分,帅哥老师听她说完便啧啧称赞。她随后问:"帅哥老师,你什么时候预约科目三?"帅哥老师回答说:"小妹,现在天气越来越热,咱等过完盛夏再一块预约科目三吧!咱到那时好一块拿驾驶证。"她听后紧接着说:"帅哥老师,你预约科目三那天可别忘了通知我一声。"帅哥老师听后笑着说:"未来小皇后的话,小皇帝我绝对遵从。"她听后轻轻扭了一下帅哥老师的左耳朵说:"你这个讨厌鬼真是烦死人了,看我以后怎么收拾你。"帅哥老师紧接着给她做一个鬼脸说:"小妹,哥哥我以后最喜欢让你收拾我,你可别下手太狠把我打残了,我要是不能动弹的话就没法给你做美味佳肴了。"她听帅哥老师说完特别高兴……

雪人伺候完老黄牛和老母鸡,他全然不知黑嫂已经从县城医院出院走到家了。他刚想走进堂屋歇歇脚，黑嫂竟然从堂屋走出来，这着实把他吓了一跳，他慌忙问："大婶，你从县城医院出院回来多大会儿了？你的身体恢复得怎么样？"黑嫂回答说："雪人，我从县城医院出院刚走进家有十多分钟，我刚才看你照顾鸡牛很仔细，所以没敢惊动你。雪人，我在县城医院住院打吊瓶这两天多亏俺儿悉心照顾我，我现在完全康复了。"他听后叮嘱黑嫂以后可得注意好身体，他随后邀请黑嫂去他家吃晚饭。

帅哥老师周五下午从翔宇翼云中学一下班就步行回老家。他走到村口碰见邻居大叔正坐在柿子树底的石凳上歇脚，他慌忙给邻居大叔打招呼、上香烟，邻居大叔紧接着询问他："小韦，你现在谈妥对象了吗？"他回答说："大叔，我现在正谈着对象。"邻居大叔听后便叮嘱他："小韦，谈妥对象赶紧结婚，好早了你爷爷心事。"他听后紧接着说："大叔，我会尽快结婚，到时候也好请你去俺家喝喜酒。"邻居大叔听他说完便高兴地点点头。

雪人在傍晚时分搀扶黑嫂往他家走，走着走着忽然在村口遇见牛花，牛花慌忙给奶奶和大伯打招呼。黑嫂笑着问："小花，我昨天晚上在翔宇翼云中学门口见你对象没好意思问他现在做什么工作？"牛花回答说："奶奶，那帅小伙就在翔宇翼云中学教书。"雪人听后紧接着说："牛花，翔宇翼云中学里面的老师个个都是精英，你要是真心看上那位老师就赶紧结婚，好早了父母心事。"牛花听后笑着说："大伯，我过会儿回到家就和父母商量一下婚姻大事。"雪人听后衷心祝愿牛花和有情人终成眷属，牛花听后兴高采烈地往家的方向跑去。

帅哥老师两脚迈进院门看爷爷正坐在堂屋门口抽烟。他慌忙走到爷爷身旁蹲下给他问好，爷爷随即扔掉烟说："小姥爷，我轮你家快过一个月了，你今天可算回来看我了。你什么时候能把那一半也领回来？"他回答说："爷爷，我现在正谈着对象，至于什么时候能领回来？那还是听天由命吧！"爷爷听后用右手扭着他的左耳朵说："小姑爷，我最不爱听你说听天由命，你要是再不抓紧时间找对象的话，我这张老脸都不好意思出门见人了。"他听后慌忙说："爷爷，我会尽快解决你的心头大患，求你现在快把我的左耳朵松开吧！"爷爷听后依然用右手扭着他的左耳朵说："小少爷，你刚开始在翔宇翼云中学参加工作就在我面前说尽快找对象，现在都六年过去了，你仍然没有找到对象，你今晚得好好给我写一份保证书，你要是到了期限还实现不了的话，你可别回来给我丢人现眼了。"他听后便再一次求爷爷快点松开他的左耳朵好进堂屋去写保证书。

福云给牛花打完电话的第二天晚上便把她最爱吃的饭菜做好端上了桌。牛花跑到家看妈妈已经为她准备好热乎乎的饭菜，便发自肺腑地说了一句："妈，您辛苦了！"妈妈听后激动得热泪盈眶。

帅哥老师很快写好一份保证书交给爷爷。保证书的内容为："亲爱的爷爷您好，我今天晚上向您保证在一年之内完成我的婚姻大事，您可得养好自己的身体，将来好抱重孙子。——小韦（甲午马年五月四日）"爷爷看完孙子写的保证书便把它放进了褂兜里……

福云吃完晚饭坐在堂屋沙发上笑着问牛花："闺女，你今天考过科目二了吗？"牛花吃完晚饭坐在堂屋连椅上甚是兴奋地回答说："妈，今天中午有对象陪在我身边鼓励我，我还能过不去吗？"福云听后紧接着问："闺女，你找的对象干什么工作？"牛花笑着回答："妈，他在翔宇翼云中学教书。"福云听后用右手指着牛花说："你这个不争气的丫头，你在县城财政局参加工作这么多年竟然和翔宇翼云中学老师谈恋爱，你俩在身份上不匹配，咱再另找一个优秀对象吧！"牛花听后立马说："妈，我参加工作这么多年好不容易遇到一位心上人，这回你和俺爸谁也别想阻拦我，否则的话，我和你们断绝关系。"福云听后气得起身走到牛花身边扇了一下她的脸说："你这个浑蛋丫头，我算白养你这么大，你这回只要不听我的话，你以后就别回来了。"牛花气得起身刚跑出堂屋门却被村支书紧紧拽住，牛花哭着对村支书说："大爷，你快放开我，我实在不想活了。"村支书硬是把牛花拽进堂屋并让她坐在了沙发上，继而慌忙说："小花，天都这么晚了，你有什么事想不开，咱俩好好说，死又不能解决问题。"牛花坐在堂屋沙发上一边哭一边说："大爷，我好不容易在县城找了一个对象，我刚才吃完晚饭给妈妈透露时，妈妈竟然嫌人家是临时老师，她坚决不同意我和那位老师谈恋爱，我真是好痛心啊！真不如死了算了。"村支书一听便慌忙问："小花，你对象当下在县城哪所学校教书？"牛花破涕为笑地回答说："大爷，他在翔宇翼云中学教书。"村支书听后紧接着说："小花，翔宇翼云中学挺好，每年都有许多优秀学生考上县城实验高中，可你妈觉得在翔宇翼云中学教书的老师大多都是临时工，那份工作不太稳定，她想让你找一个和你一样的在编工作人员。"牛花听后慌忙说："大爷，我理解妈妈的一片苦心，俺对象虽说现在是临时工，但是他每年都能参加很多场教师编考试，他有朝一日一定能够考上教师编。"福云听后扯大嗓门说："闺女，你说小伙子有朝一日能够考上教师编，那你现在给我说一个具体时间，他要是过了那个期限还考不上教师编的话，那你俩就分手吧！"牛花听后也扯大嗓门说："妈，他每年考教师编的时间都不一样，我也说不清楚他哪天好能考上教师编，大爷恰巧今天来咱家串门，那请大爷给我提一些建议吧！"村支书听后随即说："小花，翔宇翼云中学那位老师要是做到孝敬父母、工作认真、学会持家、拥有志友、热爱劳动、勤于学习，那咱嫁给他就值了。"牛花听后起身跪在福云身边说："妈，翔宇翼云中学那位老师能够做到大爷说得那六点，你要是不相信可在空闲时去翔宇翼云中学打探一下那位老师的人品。"福云听后慌忙起身扶牛花起来说："闺女，那我有空一定去翔宇翼云中学打探一下那位老师的人品，他要是真优秀，那我以后决不阻

第一篇——小说篇

止你和他谈恋爱。"村支书听他娘俩那么一说便长舒一口气……

帅哥老师的好朋友刚在宝徕花苑买完一套房，他对象就考进外县药监局上班。他打算把宝徕花苑那套房卖掉再在外县买一套，他周四晚上请帅哥老师吃饭时问："小弟，我前一阵子刚在宝徕花苑花五十万买了一套房，俺对象可巧考进外县药监局上班，我想把宝徕花苑那套房再五十万卖给你，你要不要？"帅哥老师听后回答说："大哥，买房这件事是大事，我得回家跟父母商量一下，我过两天请你吃饭再给你回话。"他听后非常爽快地答应了。

村支书从牛粪家一回到家就给仁兄弟打电话说："小弟，我刚才去邻居家给你儿提亲，邻居家闺女说她自个儿现在有对象了，她还说单位有一好朋友和你儿年龄一样大，她想把好朋友介绍给你儿，你觉得怎么样？"仁兄弟听后慌忙说："大哥，女孩要是有那个心想给俺儿介绍对象，那真是太好了！大哥，麻烦你赶明儿问女孩要她朋友的手机号，以后好让俺儿加她微信聊天。"他听后立马答应了仁兄弟的请求。

村支书第二天一早又去牛粪家问牛花一要完她朋友的手机号，就用短信发给了他仁兄弟，他紧接着又把仁兄弟他儿的手机号给了牛花，牛花随即给好朋友打了一个电话告诉她要给她介绍对象的手机号，好朋友慌忙感谢牛花对她的终身大事上心。

牛粪在外县学习了两个月，他周五下午开车回到了家。福云晚上给他做了一道土豆炖鸡，熬了一锅莲子八宝粥。

帅哥老师周五下午一下班就打电话问牛花："小妹，你过会儿下班干吗去？"牛花听后反问："帅哥老师，我过会儿下班想去小舅家的饺子馆帮他干活，你有没有空和我一块过去？"他回答说："小妹，你过会儿下班别忘了给我的手机振一下铃，我好骑电动车去你单位门口带你一块去大叔家饺子馆做活。"牛花听后非常爽快地答应了。

牛粪坐在堂屋沙发上刚吃完晚饭，黑嫂忽然拎一包豆角走进他家

091

堂屋，他慌忙起身接过豆角请黑嫂坐在沙发上，福云坐在堂屋连椅上慌忙起身给黑嫂倒茶水。黑嫂笑着说："大侄子，侄媳妇，我又不是外人，你俩可别那么客气，我今天过来串门就是想给你们家送点豆角，顺便问问牛花的婚姻大事进展得怎么样了？"他听黑嫂一说完就问福云："小妹，牛花找的对象干什么工作？"福云紧接着回答："牛哥，他在翔宇翼云中学教书。"他听后"啊"了一声，黑嫂慌忙说："大侄子，我前些日子在县城和俺儿一块散步时恰巧碰见你家小花和他对象也一块散步，那人长得特别漂亮，王湾村没有一个青年能够比得过他。"他听后紧接着说："大婶，我今天下午刚在外县学习回来，牛花找对象这事，我是一丁点儿也不知道，至于翔宇翼云中学那位老师的人品到底怎么样？我以后得让牛花领回家给我看看。"黑嫂听后立马说："大侄子，翔宇翼云中学那位老师要是人品好的话，你得赶快让牛花出嫁，毕竟她老大不小了。"他听后慌忙感谢大婶对牛花的婚事上心……

牛花挂上帅哥老师的电话紧接着给福雨打电话问他："小舅，我过会儿想带翔宇翼云中学老师去你家饺子馆做客，你忙不忙？"福雨听后回答说："牛花，你过会儿还是带翔宇翼云中学老师去俺新家做客吧！我马上开车回家招待他。"她听后说了"声好"的便挂上电话。

帅哥老师一挂上电话就去翔宇翼云中学教工宿舍换衣服、洗头发。当他用吹风机吹干头发时，牛花刚好给他手机振铃，他慌忙去翔宇翼云中学教工车棚骑电动车去见牛花。

福宝周五下午放学刚走出校门，他一下子看见福雨正站在学校门口等他，这让他感到非常意外。他坐在车上问福雨："爸爸，你今天下午怎么有空来学校门口接我？"福雨回答说："儿子，过会儿你表姐带她对象去咱新家做客，我开车来接你想让你帮我打扫一下家里卫生。"他听后惊了一下，他万万没想到表姐那么快就领她对象去他新家做客了。

福宝回到家把书包往写字台上一放就开始干起家务，他把地板、茶几、水杯擦拭得闪闪发光。

福雨回到家走进卧室换上一身漂亮衣服，他紧接着把香烟、紫砂壶、苹果摆在了茶几上，他随即看了看手表，时间才刚过十七点，他坐在客厅沙发上手捧一本《平凡的世界》津津有味地阅读起来。

帅哥老师骑电动车刚出翔宇翼云中学校门没多远，电动车一下子不走了。他只好拔掉电动车钥匙推着电动车去电动车专卖店修理，热得他满头是汗。

牛花坐在办公室等了好大一会儿没接到帅哥老师的电话，她只好下楼去单位门口等帅哥老师。她刚走到单位门口恰巧遇见高中同学雨轩，她慌忙给雨轩握手问好。帅哥老师刚好骑电动车来到他俩身边，帅哥老师瞬间觉得牛花和雨轩的关系不一般，帅哥老师立马骑电动车离开了。雨轩慌忙问："牛姐，刚才那人骑电动车怎么骑到咱俩身边愣了一下又骑电动车离开了？"她立刻反问："小弟，刚才那人骑电动车看到咱俩握手比较好奇。你现在干什么工作？"雨轩回答说："牛姐，我当下在县城实验一小教书，这不我刚下班走到财政局门口。我自打高中毕业一直没见你，你真是越来越有气质了！"她听后紧接着问："小弟，多谢你夸奖，你现在在哪儿居住？"雨轩反问："牛姐，我现在住锦绣花园，你在哪儿居住？"她回答说："小弟，我现在正谈着对象，我暂时住在单位宿舍。"雨轩听后紧接着说："牛姐，你以后结婚可别忘了告诉我一声。"她听后慌忙说："小弟，你放心好了，姐姐以后结婚一定不会忘记你。"雨轩听后便要下她的电话号码继而继续向前走去。

帅哥老师骑电动车一回到翔宇翼云中学教工宿舍就气地抽起烟来，他恨自个儿真是一个大傻瓜！

牛花和高中同学雨轩唠完嗑儿便立马回单位宿舍给帅哥老师发了

一条短信，她在短信中写道："帅哥老师，我刚才给俺高中同学握手问好时恰巧让你撞见，你现在肯定觉得我又和其他人好上了。帅哥老师，我可是一个清白女子，你要觉得我不稳当，咱俩从今分手吧！"

帅哥老师抽完一盒烟打开手机看到牛花给他发的短信便立马给她回了一条短信，他在短信中写道："小妹，俗话说一辈子同学三辈子亲，至于你两人握手这件事，我现在不想对你做任何评价。小妹，我再过一个多月就该奔赴教师编考场了，我想咱俩现在应该互不打扰，咱俩以后要是有缘的话会在某一个地方再相见。"牛花看完他发的短信便立刻明白他的意思。

福宝坐在客厅沙发上阅读完一本《格林童话》看手表已经十九点了，他忙问福雨："爸，我现在都阅读完一本《格林童话》了，表姐怎么还没带她对象过来做客？"福雨听后慌忙放下《平凡的世界》给牛花打电话，电话那头说："对不起，您拨打的电话正在通话中，请稍后再拨。"福雨只好再稍等一下。

帅哥老师给牛花回完短信便骑电动车回家了。他走进堂屋看爸妈正在吃晚饭，他慌忙说："爸，妈，我回来了。"妈听后紧接着问："儿子，你吃晚饭了吗？"他回答说："妈，我在外面刚吃完晚饭，你慢用餐。"他坐在堂屋沙发上等爸妈吃完晚饭便对他俩说："爸，妈，我今晚想给你们商量件事。"爸听后让他赶快说出来。他喝口水说："爸，妈，好朋友昨晚在饭馆请我吃饭时，他说刚在宝徕花苑花五十万买了一套房，可巧他对象考上了外县事业编，他想把宝徕花苑那套房再五十万卖给我，咱家要不要？"妈听后立马说："儿子，宝徕花苑那套房挺不错，咱家买下它。"爸听妈说完慌忙说："老伴儿，咱家要是买了宝徕花苑那套房子，咱家铁定会负债累累。"妈听后紧接着说："老头子，你不用怕，咱一家三口人只要齐心协力拼命挣钱，负债就能早日还清。"他听后笑着说："爸，我觉得妈说得有道理，咱家要是在宝

徕花苑买了房，我以后会更好找对象。"爸听他说得有道理便立刻说："儿子，咱爷俩赶明儿就问亲戚借钱去，你朋友想卖给你宝徕花苑的那套房，咱家买定了。"帅哥老师听后便鼓掌叫好……

牛花坐在单位宿舍床上手捧手机看完《罗马假日》才给福雨回电话，她在电话里面说："小舅，实在有些抱歉，翔宇翼云中学老师今天下午因有要紧事，所以他没能去你家做客。我今天下午因用手机看了一场电影，所以我这才给你回电话。我今天晚上耽误你在饺子馆做工挣钱了，请你多多谅解。"福雨听后紧接着问："小花，小舅我能理解你，你今晚还来不来我家吃晚饭？"她听后回答说："小舅，我今晚还有点事，我就不去你家吃晚饭了，我以后有空再去你家做客。"福雨听后说了句"好的"便挂上电话……

福雨在八·一建军节那天早晨开车拉着福宝去翔宇翼云中学参加新生分班考试。他在翔宇翼云中学教学楼前对福宝说："宝贝儿子，考试时别紧张，先做易，后做难，爸爸看好你哦！"福宝听后慌忙给爸爸做了一个OK的手势。

福宝的语文考了九十四分，数学考了一百分。他以总分第六名考进翔宇翼云中学重点班就读，福雨感到十分高兴。

帅哥老师自从问亲戚借完钱在宝徕花苑买下好朋友那套房，他为了早日把负债还清便每晚都跟着爸妈去食品加工厂装车。他经常在凌晨六点之前再赶回翔宇翼云中学上班。他有时站在教室讲桌前面看他班学生上早读时，他一闭眼就能睡着觉。

牛花最近一个月喝了三场喜酒。她在饭桌上吃饭时总有个别同学问她："小花，我什么时候好能喝上你的喜酒？"她总是回答说："我这个人比较能沉得住气，我还得再过一段时间结婚。"她喝完喜酒一回到单位宿舍就呜呜哭上好大一会儿，她哭完顿觉舒坦多了。

福云看牛花最近两次回家不如以前高兴，牛花闭口不提和翔宇翼云中学老师谈恋爱的事，她本想问问他们俩相处得怎么样了？可又怕牛花更不高兴。她打算掐完家里那五亩花椒去翔宇翼云中学看看那位老师。

福宝刚开始在翔宇翼云中学重点班就读时有点不适应，班里同学每天上下课都待在教室学习，没有人搭理他，他在心里默默地想："升初中学习各门科目固然重要，但也得劳逸结合，如果一味死学的话就会做出很多无用功。"

帅哥老师在十一黄金周期间跟着爸妈去大姑家地里帮她摘了五天山楂。大姑第一天在摘着山楂时问他："大侄子，我有一年没见你了，你在翔宇翼云中学工作的怎么样？你找妥对象了吗？"他回答说："大姑，我在翔宇翼云中学工作得很好，我暂时还没有找到对象。"大姑听后慌忙说："大侄子，你表姐当下考入县城建设局上班，要不我以后再托她给你介绍一个对象，好早了你爸妈和你爷爷心事。"他听后紧接着说："大姑，表姐以后要是再给我介绍对象的话，她可别给我介绍正式工了，那样铁定又会成不了，毕竟我现在还没考上教师编。"大姑听后立马说："大侄子，你虽然现在还没考上教师编，但你人物强，工作出色，正式工也能配得上你。"他听后笑着说："大姑，但愿表姐第二次能给我介绍成功对象。"……

福宝在翔宇翼云中学就读的第五周周四便参加了学校领导组织的第一次月考考试。他在做各科试卷时感到十分轻松，他周五下午考完试回到自家饺子馆便对福雨说："爸，我这次的月考总成绩能在班里数第一。"福雨听后紧接着问："儿子，你今天刚考完试，你对月考总成绩咋那么自信？"他笑着回答："爸，我在考试之前把各科老师讲的考点都掌握得滚瓜烂熟，月考总成绩自然而然地就会很突出，你就放心吧！"福雨听后给儿子竖起了大拇指。

牛花在十一假期的每一天都从家里骑电动车去县城车管所门口跟

李教练学习科目三（上车、起步、行车、停车、下车），她学了七天便预约科目三考试。她周二上午在考科目三时一点儿也不紧张，她最终考得满分。她紧接着又去科目四大厅考理论，她一下子又考满分。她周二下午三点高高兴兴地拿着驾驶证坐公交车回家了。

帅哥老师一过完十一假期就又回到翔宇翼云中学一丝不苟地工作。他周三中午在学校食堂吃完午饭便去学校传达室拿快递，他拿完快递刚走出学校传达室恰巧遇见福宝，福宝慌忙给他握手问好。他笑着说："小弟，你当下在翔宇翼云中学的学习成绩真是太棒了！咱还得继续努力，争取以后保持下去。"福宝听后紧接着问："帅哥老师，我以后考试绝不给你丢脸，你的婚姻大事进展得怎么样了？"他听后立马回答说："小弟，哥哥我以后结婚时一定送给你喜糖吃，你现在刻苦学习是头等大事，你可千万别为我的婚事分心。"福宝听后慌忙说了一声"帅哥再见"跑开了。

福云在十一黄金周终于把自家那五亩花椒掐完了。她周四一早在家吃完早饭便去公交车站坐公交车去翔宇翼云中学看看那位老师到底能不能如她所愿？

牛花周三下午刚一下班，好朋友就约她去单位东面的紫云湖边散步。她们两个人走累了便坐在木椅上歇脚，她揽着好朋友的肩膀问："大姐，你和县城税务局那小伙谈得怎么样了？"好朋友笑着回答："小妹，他十一黄金周带我去海南逛了一圈，我看他这个人挺不错。"她听后紧接着说："大姐，你要觉得那小伙不错，你当下可得好好珍惜你们之间的友情，以后我好喝你喜酒。"好朋友听后立马说："小妹，我会悉心维护好我们俩之间的友情，争取早日如你所愿。"她听后便起身邀请好朋友一块去汉诺庄园里面看电影……

帅哥老师周四一早从家骑电动车去翔宇翼云中学看完本班学生上早读后去了一趟校长室。校长一看他走进自个儿办公室便问他："韦吉，你这么早来我办公室有什么要紧事？"他笑着反问："校长，我今天上午想请两节课假外出见面，你看妥不妥？"校长回答说："韦吉，你在翔宇翼云中学工作得很出色，你人长得也很英俊，我衷心希望你这次请假见面能够一下成功。"他听后慌忙说："校长，我今天早晨借你吉言一定能有好运。"校长听后便给他签了一张请假条。

福云两脚迈进翔宇翼云中学大门五米远恰巧看见福宝正站在花池边背对她背书。她走到福宝身旁拍了一下他的后背，福宝转头一看便慌忙说："大姑，欢迎你今天来翔宇翼云中学做客，咱要不现在去紫藤架下的石凳上坐会儿说说话。"她听后立马说："福宝，你现在学好习最要紧，我今天过来就是想看看你在学校中的表现，顺便遛遛翔宇翼云中学的校园，看看这里的环境怎么样。"福宝听后笑着说："大姑，谢谢你关心我，我衷心预祝你游园愉快。"她听后便高兴地给福宝挥挥手继而径直往翔宇翼云中学操场走去。

帅哥老师给他班学生一上完第一节语文课就拿着请假条走出校门，他十分高兴地往太清湖广场走去。他路过一家小卖部门口便走进去买了两瓶怡宝，他希望这两瓶怡宝能给自己带来好运。

福云走到翔宇翼云中学操场边的一棵芙蓉树下看操场中心有一伙老师和学生正忙着排练节目。她沿着操场上的四号跑道转了一圈便往学校门口走去。

福宝最近两天在语文课堂上表现得太糟糕，语文老师提他背诵《论语》十二章，他总是背诵得断断续续，语文老师气得罚他在笔记本上抄写十遍。他在笔记本上抄写完十遍《论语》十二章也就会背了。

帅哥老师左手攥两瓶怡宝走到太清湖广场上看女孩还没有过来，他只好坐在石凳上等候她。

福云走出翔宇翼云中学校门便给福雨打电话。福雨接通电话问："大姐，你现在有什么要紧事？"她紧接着反问："兄弟，我现在想去

你家饺子馆坐坐，你忙不忙？"福雨回答说："大姐，我现在不忙，你来我家饺子馆唠嗑儿吧！"她听后说了句"好的"便挂上电话往福雨家饺子馆走去。

福云走到福雨家饺子馆累得气喘吁吁，福雨慌忙请她坐在柜台前的凳子上歇脚。福雨随后给她倒了一杯热茶便问她："大姐，你今天来县城办理什么业务？"她回答说："兄弟，我刚才去翔宇翼云中学溜了一圈，我看福宝学习很认真，你放心好了。"福雨听后紧接着问："大姐，牛花和翔宇翼云中学的老师聊得怎么样了？"她喝口热茶回答说："兄弟，牛花自己的婚姻大事就随她去吧！我这几次见她没有过问。"福雨听后紧接着说："大姐，我上周周末听福宝说翔宇翼云中学明后两天举行秋季田径运动会，咱要不后天中午一块去学校操场看看，说不定还能碰到牛花和他对象谈恋爱呢！"她听福雨那么一说便点点头。

牛花周四上午九点向领导请完半天事假便走出单位。当她气喘吁吁地走到太清湖广场上时，她顿时傻眼了，她万万没想到以前同事昨晚在电话里给她介绍的亲戚竟然是帅哥老师。

帅哥老师看见牛花无比激动。他起身送给牛花一瓶怡宝，牛花接过怡宝说："帅哥老师，我今天过来见你又让你破费了，谢谢你。"他听后慌忙说："小妹，别客气。"牛花听后紧接着问："帅哥老师，你当下在哪儿工作？"他立马回答说："小妹，我还在翔宇翼云中学工作。翔宇翼云中学明后两天举行秋季田径运动会，你后天不上班，你过去看看吧！"牛花听后慌忙说："帅哥老师，我后天要是去翔宇翼云中学看秋季田径运动会的话，我会给你打电话，我现在得回单位上班，再见。"他看牛花走老远才转身往翔宇翼云中学走去。

牛花周四中午一下班就给以前同事打电话。以前同事接通电话问："小妹，你今天上午在太清湖广场见到那位小青年了吗？"牛花回答说："大姐，我刚才在太清湖广场上见到他了，我现在想请你去俺

单位西面的海天牛肉馆就餐。"以前同事听后慌忙说:"小妹,我这就过去。"

帅哥老师回到翔宇翼云中学继续工作。他在周四下午课外活动时间把他班遴选出的运动员带到操场上进行适应性训练,他衷心希望他们明后两天都能在操场上跑出一个好名次。

牛花挂上电话走到海天牛肉馆大厅柜台前点了两份牛肉拉面并用微信付了款,她紧接着在柜台东北角的餐桌前坐下来。以前同事走进海天牛肉馆大厅看她坐在一张餐桌前正在看报纸,以前同事慌忙走到她身后拍了一下她的左肩膀。她转头一看是以前同事,她慌忙起身给以前同事握手问好并邀请她落座。以前同事坐在她对面问:"小妹,你见完俺舅家表弟觉得他怎么样?"她用左手托着左腮帮回答说:"大姐,我以前和他一块学过科目二,他这个人特别仔细,不愧为翔宇翼云中学优秀教师。"以前同事听后紧接着说:"小妹,俺表弟不光在学校工作出色,他在家里也很勤快,你要是跟他结婚,他以后绝对能好好对待你。"她听后慌忙说:"大姐,我现在还不想组建家庭,你表弟还是另寻其他女孩吧!"以前同事听后立马起身走出海天牛肉馆。

翔宇翼云中学校长周五九点站在操场主席台上宣布秋季田径运动会开幕。帅哥老师随后走到铅球场地当裁判。在率先进行的九年级女子组铅球比赛中,第一位女生第一投就把手中的铅球扔偏了,铅球差点砸着帅哥老师的左脚。帅哥老师马上调整站立位置,以防同样的事情再次发生。

福宝周五中午参加了七年级男子组一千五百米预决赛,他最终跑了第三名。他被班里两名男生扶到班级所在的柳树下面时,班里其他同学都给他报以热烈掌声。班主任老师慌忙给他端一纸杯葡萄糖水让他喝,他立马说了一句——老师,谢谢你。

牛花喝完牛肉拉面便把另一份牛肉拉面打包带走了。她回到单位

宿舍把那份牛肉拉面放进了饭缸里，她随后坐在床上给以前同事发短信，她在短信中写道："大姐，我因一时冲动说了惹你生气的话，请你多多谅解。"她给以前同事发完短信便躺在床上午休了。

帅哥老师周五晚上九点查完他班男女生宿舍人数便回教职工宿舍休息。他刚在床上躺下身子，他放在床前桌上的手机一下子响起铃来，他慌忙起身拿起手机接电话。电话那头问："小弟，你这两天跟俺以前同事聊天了吗？"他听后反问："大姐，我这两天光忙学校运动会的事了，我还没来得及给她打电话，你现在怎么还没休息？"大姐回答说："小弟，我这两天很是惭愧，以前同事昨天中午请我吃饭时说不想和你组建家庭了，她这两天可能不好意思跟你说，你以后可别给她打电话了。"他听后立马说："大姐，谢谢你提醒我，我今后绝不给她打电话骚扰她。你以后也别觉得没给我介绍成对象是负担，我早晚有一天会遇到心上人，你现在安心睡觉吧！"大姐听他说完便挂上电话。

福雨周六一早吃完早饭便开车拉着老婆和大姐去翔宇翼云中学看秋季田径运动会。他们站在学校操场边的一棵芙蓉树下看男女四百米运动员都在各自赛道上尽情挥洒汗水，他们不时地给个别运动员加油打气。

牛花万万没想到不经意间说出的心里话竟然把以前同事给伤着了。她周六九点在单位外面的拉面馆吃完早饭便去翔宇翼云中学看秋季田径运动会。她站在学校操场边的一棵槐树下看男女二百米运动员都在各自赛道上拼尽全力地发挥自己应有的水准，她打心里为他们感到骄傲和自豪。

福雨和老婆、大姐一块看完男女四百米运动员跑步便围着学校校园散步。他们看学校校园被后勤保障组打扫得干干净净，有一些同学上完厕所遇到他们主动给他们问好，他们每个人的心里都感到暖暖的。

牛花看完男女二百米运动员跑步便给帅哥老师打电话，帅哥老师竟然没有接电话。她过了十分钟又给帅哥老师打电话，帅哥老师还是没有接电话。她有点失望地往翔宇翼云中学门口走去。

福雨和老婆、大姐一块散完步便走出翔宇翼云中学。福云坐在车上问："兄弟，我们今天早晨去翔宇翼云中学既没见到福宝，也没看见牛花，他俩这是去哪儿了？"他听后反问："大姐，福宝可能忙于班级事务，牛花可能有事没有过来，你觉得这所学校怎么样？"福云听后紧接着反问："兄弟，翔宇翼云中学挺好，可我这次过去依然没有见到牛花找的对象，你觉得翔宇翼云中学那位老师的人品怎么样？"他立马回答说："大姐，牛花的眼光比我们先进，她看中的老师肯定优秀，你放心好了。"福云听后随即说："兄弟，姐姐我现在听你说完放心了。"

福雨把车开到自家饺子馆门口对福云说："大姐，我想明天一早开车拉福宝一块回王湾村看看妈，要不你今天下午再在我家饺子馆帮一下忙，咱们明天一早一块回去。"福云听后说："好的，兄弟。"

牛花大步走到单位宿舍累得气喘吁吁，她躺在宿舍床上小憩完便去单位外面吃午饭。她刚走进一家拉面馆恰巧看见帅哥老师正吃拉面，她慌忙走出那家拉面馆。帅哥老师吃完拉面起身走出拉面馆一下看见牛花走路的背影，帅哥老师慌忙喊道："牛花，请你留步。"她听后便继续往前走，帅哥老师慌忙跑向前拦住她说："小妹，我今天一早因请假去医院看望病重的爷爷，所以我现在还没来得及给你回电话。我吃完拉面正想回家给你回电话，可巧我走出拉面馆一下看见你，你现在要是有气就打我吧！"她听后紧接着说："帅哥老师，我打你闲累得慌，我们俩总是在意想不到的时候见面，这可真是奇了怪了，你现在回家吧！"帅哥老师听后立马说："小妹，要不我现在租车带你一块去俺家做客，省得你一个人回单位宿舍太孤单。"她听帅哥老师说完好

大一会儿才点点头。

福宝周六下午两点放学去自家饺子馆看爸妈和大姑忙得不可开交，他慌忙放下书包和他们一块去厨房给顾客端热乎乎的水饺。他们忙活完这一阵子已经下午四点，福雨慌忙请老婆、孩子、大姐坐在柜台前的凳子上歇歇脚。

牛花走下出租车时，帅哥老师慌忙牵着她的左手往自个儿家走去。她刚一走进帅哥老师家院门，帅哥老师家的小花猫忽然跑到她身边喵喵地叫两声，帅哥老师大声地说了句："爸，妈，客人来了。"爸妈听后立马从堂屋走出来邀请她进屋落座。帅哥老师走进堂屋慌忙给她倒热茶。她看他们一家三口人那么热情，她心里感到异常温暖。

福云坐在福宝身旁问："侄子，你这两天在学校举行的秋季田径运动会中有什么收获？"福宝笑着回答说："大姑，我第一个收获是在七年级男子组一千五百米预决赛中跑了第三名；我第二个收获是在这次秋季田径运动会中懂得个人长跑成绩的取得离不开班主任老师和班里同学的大力支持。"福云听后紧接着问："侄子，你能在这么短的时间颇有收获很了不起。你在翔宇翼云中学的学习成绩怎么样？"福宝非常自豪地回答说："大姑，我在班里数第一，我在级部数前十。"福云听后便给福宝竖起了大拇指……

帅哥老师的父亲坐在堂屋连椅上询问牛花的工作情况。牛花坐在堂屋沙发上有板有眼地给他诉说。他听后夸牛花工作得真出色！牛花听后立马说："大叔，我今后还需努力工作。"帅哥老师的母亲坐在堂屋方凳上听牛花说完紧接着说："丫头，你现在已经工作得很优秀了，俺家宝贝儿子跟你比还有一定差距，你以后可得好好指教他。"牛花听后慌忙说："大婶，你家的人民教师既长得帅气，又每年都被学校领导评为优秀教师，他比我更优秀，不然的话，我不会跟他过来。"帅哥老师坐在堂屋连椅上一听高兴地说："小妹，你说得真是太对了！我希望咱俩以后能把日子过得红红火火。"牛花听后紧接着说："好的，帅哥老师。"……

鸡大婶周天吃完早饭正想提着竹篮去菜园拔菠菜，院门外面忽然有人喊道："奶奶，我们一家人来看你了。"她听后慌忙去开院门，福宝一看见她便紧紧抱住她说："奶奶，我可想死你了。"她听后紧接着说："小宝，奶奶也很想你。"……

福云周天早晨在王湾村村口从福雨车上下来便回家了。她回到家看牛粪正在粉刷堂屋墙壁，她惊了一下便慌忙问："老公，你怎么想当装修工了？"牛粪笑着回答："老婆，咱闺女昨晚给我打电话说她过几天领她对象过来做客。我看咱家每一间房的墙壁都有些破旧，所以我昨晚特意开车去咱村五金店买了四袋涂料回来，我今天一吃完早饭就开始动工了。"她听后夸牛粪真勤快！牛粪随后问她："老婆，你去县城这几天见到咱闺女和她对象了吗？"她回答说："老公，我一走进翔宇翼云中学就瞬间觉得咱闺女找的对象很优秀，所以我在县城那几天也就没打扰闺女的工作和生活。"牛粪听后慌忙说："老婆，那你默认咱闺女找的对象了。"她听后点点头。

帅哥老师周天早晨和爸爸一块吃早饭时，爸爸忽然对他说："儿子，你大伯昨晚十一点多给我打电话说你爷爷喊胃不舒服，我说今天上午过去照顾他，要不过会儿咱爷俩带小花一块去县城医院看你爷爷，省得他整天牵挂你找对象。"帅哥老师听后紧接着说："爸，要不过会儿等妈和牛花从菜园割韭菜回来时，我问问她，她要是不想过去，咱可不能强求。"爸爸听后便说了声："那好吧！"

福宝周天下午四点同鸡大婶告别时便叮嘱她："奶奶，现在天气越来越凉，你在平时可得注意添衣保暖，我等放寒假再来看你。"鸡大婶听后笑着说："谢谢小宝关心我，你在翔宇翼云中学可得好好学习给家争脸。"福宝听后紧接着说："奶奶，你请放心。孙子我绝不给你丢脸。"鸡大婶听后给福宝竖起了大拇指。

牛花跟着帅哥老师的母亲走到她家菜园边时，她的手机铃声一下子响起来，她接通电话问："你好，你是哪位？"电话那头回答说："小花，我以前和你是同事，我周四那天中午鲁莽地走出海天牛肉馆实属不应该，请你原谅。"她听后慌忙说："大姐，你可别那么客气。我当下正站在你表弟家的菜园边准备帮大婶割韭菜，你现在来大婶家和我一块帮他们包韭菜馅水饺吧！"以前同事听她那么一说便爽快答应了。

福宝周天下午五点一走进家门便跑去卧室做家庭作业。他一直写到晚上十点才走出自个儿房间吃晚饭。福雨看他眼圈通红便叮嘱他吃完晚饭赶紧休息，明天好早起去翔宇翼云中学读书。

牛花帮大婶割完韭菜刚走进她家院门，帅哥老师坐在堂屋门前喊她进堂屋说事。她听后紧接着说："帅哥老师，我刚才在电话里面邀请你表姐今天上午来你家帮咱们包韭菜馅水饺，要不大叔今天上午先去县城医院照顾爷爷，咱俩今天下午和表姐一块去县城医院看爷爷。"帅哥老师和爸两个人听她那么一说便同意了。

牛花在帅哥老师家见到以前同事很高兴，她慌忙给以前同事倒茶、端茶。以前同事坐在堂屋沙发上笑着问："小妹，你可别那么客气，你和俺表弟打算什么时候举行婚礼？"她听后回答说："大姐，我们俩的婚事得俺父母敲定，我计划下周六带你表弟去见他们。"以前同事听后紧接着说："小妹，大叔、大婶只要同意你们俩在一起，你们俩赶紧结婚，我好喝你们俩喜酒。"她听后点点头。

福云帮牛粪把家里每一间房的墙壁都粉刷一新，他们俩把一些破旧的桌椅板凳全都扔进屋后大垃圾箱，牛粪看家里每一间房上的圆形灯泡也很破旧，便专门开车去县城超市买了五个螺旋节能灯替换掉圆形旧灯泡。

帅哥老师和牛花、表姐一块吃完热乎乎的韭菜馅水饺便坐车去县城医院看爷爷。当他们一行走进老大爷住的病房时，牛花一下子哭出声来。老大爷忽然被哭声吓醒了，小儿子慌忙蹲在老大爷身旁说："爹，小韦带他对象来看你了。"老大爷听后便立马坐了起来。牛花紧接着蹲在老大爷身旁握着他的手问："爷爷，你老人家的身体恢复得怎么样了？"老大爷听后紧接着反问："小姑娘，我的胃现在不疼了，你和俺孙子什么时候结婚？"牛花笑着回答说："爷爷，我们俩等你完全康复出院就结婚。"老大爷听后便笑眯眯地说了一句："那真是太好了！"……

帅哥老师周天晚上请牛花吃完饭便带她去宝徕花苑的房子里看了看。他站在卧室窗前问："小妹，你对我家买的这套房还满意吗？"牛花站在卧室窗前反问："帅哥老师，这套房挺好，你家贷了多少款买下的？"他听后回答说："小妹，这是俺好朋友卖给我的一套毛坯房，因为他对象考上了外县事业编。我家有本金三十六万，外借亲戚十四万买下了这套房。我家目前已还亲戚八万，还剩六万没有偿还。"牛花听后紧接着说："帅哥老师，你们家真厉害！俺爸妈都奋斗了大半辈子了，他们目前还没在县城买套房呢！"他听后慌忙说："小妹，大伯、大娘现在的存款足以能够买下县城一套房，你赶明儿回家劝他们赶紧买，以后房子要是涨价了，后悔来不及。"牛花听后立马说："帅哥老师，俺爸妈现在买房也得贷款，他们俩的收入都不高，赶明儿还需你帮点忙。"他听后笑着说："小妹，咱俩以后要是结婚了，我一定出钱帮他们在县城买一套房，以后等他们年纪大了，好在县城房里养老。"牛花听后依偎在他怀里说："帅哥老师，你想的真周到，俺爸妈以后绝对喜欢你。"他听后亲吻了一下牛花的额头说："但愿吧！"……

村支书周三晚上去牛粪家借打气筒，看他家焕然一新，忍不住问："大侄子，你家小花什么时候出嫁？"牛粪回答说："大伯，牛花前几天给我打电话说这周六带她对象来俺家做客，到时候我去你家请你

过来相相面，看看他俩的婚姻合不合？"他听后说了声"好的"便拿着打气筒走出牛粪家。

牛花周四早晨八点特意去领导办公室请了半天事假去翔宇翼云中学听帅哥老师讲课。当她从教室后门走进帅哥老师所执教的班级时，班里同学都已做好听课准备，她坐在教室最后一排的空座位上也准备听课。

帅哥老师周四早晨七点看完学生上早读便骑电动车去县城医院看望爷爷。他走进爷爷住的病房看爷爷躺在病床上面黄肌瘦，他的心如刀割一般。爷爷看到他再一次问他："小韦，哪天结婚？"他蹲在爷爷身边哭着回答："爷爷，我和她年后结婚，你可得安心养病。"爷爷听他说完便起身从褂兜里掏出以前他写的保证书并交给他说："小韦，爷爷现在相信你写的保证书里面的誓言了，你把它撕掉吧！"他撕完保证书紧接着说："爷爷，谢谢你一直关心我的婚姻大事，我以后和小花一定会好好过日子。"爷爷听后摸着他的脑袋瓜说："小韦，我看好你和小花能够过上幸福生活，我即使有一天走了，心也安了，你当下在翔宇翼云中学可得好好工作，以后好为教师编面试打牢基础。"他听后立马说："爷爷，你请放心。"爷爷听后便又躺在病床上，他说了一句"爷爷再见"便离开了。

帅哥老师在一家早点铺吃了两个白菜馅包子，喝了一碗鸡蛋汤便赶往翔宇翼云中学给他班学生上第一节语文课。当他手拿语文课本走进他班教室时，他看他班学生都在认真阅读课外名著，他紧接着问："孩子们，我马上开讲，你们准备好了吗？"他班学生慌忙收起课外名著抬起头异口同声地回答说："Yes。"

帅哥老师站在讲桌前面抑扬顿挫地给他班学生讲授《愚公移山》。当他下令让他班学生一齐背诵《愚公移山》时，牛花也忍不住地跟着他班学生背诵起来，他走到教室后面看见牛花惊了一下。当他站在讲桌前面讲完《愚公移山》这篇课文时，下课铃声刚好打响。他说完下课紧接着走到教室后面请牛花去他办公室坐会儿，牛花起身和他一块往他办公室走去。

福云周一至周三蹲在家里一边绣八骏图，一边盼望牛花周六领她对象过来做客。她周四吃完早饭特意去王湾村小卖部买了一些瓜果回家好待客。

福宝周二周三在语文课上回答问题超级糟糕，语文老师周四一上第一节语文课就让他去他办公室站着，他只好拿着语文课本去他办公室丢脸。

牛花跟着帅哥老师走进他办公室看见福宝站在窗前端着语文课本在流眼泪。她慌忙走到福宝面前问："小弟，你今天早晨犯啥错了？"福宝听后慌忙合上语文课本，回答说："姐姐，我前两天因在语文课上回答问题不够细腻，导致语文老师非常有气，所以他今天一上第一节语文课就罚我来他办公室站着。"她听后紧接着说："小弟，你今后在语文课上可得集中注意力听讲，你回答语文老师提问的问题要说完整，那样才不至于惹你语文老师生气。"福宝听后便点点头。

帅哥老师听他姐弟俩那么一说便笑着说："小弟，小妹，你们说得真是太到位了！你们有朝一日要是当老师的话，肯定比我优秀。"牛花听后慌忙说："帅哥老师，你可别那么谦虚。我今天听你讲课如绵绵细雨滋润着我的心田，我以后有时间还会过来听你讲课。"福宝听后紧接着问牛花："姐姐，帅哥老师既然讲课那么好，那么我以后能不能去他班听语文课？"牛花听后立马反问："小弟，串班违反学校的规章制度，你愿意那样做吗？"福宝听后便摇摇头。

帅哥老师听他姐弟俩说完便慌忙问："小弟，小妹，你们今天中午十二点能否跟我去学校外面的家常菜馆吃大餐？"牛花和福宝听后便异口同声地回答说："好的。"

牛花第二节课坐在帅哥老师办公桌前帮他批改了三十本语文作业。帅哥老师第二节课坐在福宝身边给他讲了一节语文课，福宝听后如沐春风。

帅哥老师站在学校操场的柳树下面看他班学生上课间操时，他装在裤兜里的手机忽然响了一声，他慌忙从裤兜掏出手机看了一下，山东交警给他发短信说："您的学习驾驶证明（370406XXX，考试车型为C1）有效期不足四个月，请尽快申请预约考试。"他看后打算过些时日去县城学习科目三。

牛花第三第四两节课坐在福宝身旁听了两堂英语课，福宝多次起身抢答英语老师提问的问题，英语老师夸福宝回答问题真是棒极了！福宝听后特别高兴。

福宝一上完第四节英语课就跑到讲桌前面问英语老师："老师，我今天中午和俺姐姐一块去学校外面吃午饭，你去不去？"英语老师回答说："福宝同学，我过会儿回家有要紧事，你的心意我领了，你现在赶紧和你姐姐一块去学校外面愉快用餐吧！"福宝听后紧接着说："老师，再见。"

帅哥老师十一点五十分在教导处摁完指纹便往学校大门口走去。他刚走到学校大门口恰巧遇见校长，他慌忙给校长握手问好，校长笑着问："小韦，你今天中午咋出来这么早？"他立马回答说："校长，我今天中午出来这么早想和俺对象一块去吃午饭。你要是不忙的话，也一块去用餐吧！"校长听后慌忙说："小韦，我现在得回学校工作室忙公务，预祝你们早日成家。"他听后笑着说："谢谢校长送上祝福。我到结婚那天一定请你去喝喜酒。"校长听后说了声"好的"便走进学校。

帅哥老师的手机铃声忽然响了起来，他从裤兜掏出手机接通电话说："小妹，我当下在学校大门口北面的槐树下等你和小弟了，你们俩赶快从学校里面走出来吧！"牛花挂上电话便和福宝一块从他办公室往学校大门口走去。

牛花走到学校大门口恰巧遇见闺蜜正在让她儿试穿羽绒服，她慌忙称赞："大姐，你给你儿买的羽绒服真大气！"闺蜜听后紧接着说："小妹，这是俺对象在网上给俺儿购买的羽绒服，他今天中午特意让我给俺儿送来试穿一下，要是不合适好退货。"她听后立马说："大姐，你儿穿在身上非常合适。"闺蜜听后非常开心。她随后问："大姐，你们娘俩现在吃午饭了吗？"闺蜜听后反问："小妹，我们娘俩现在还没吃午饭呢！要不咱四个人一块去洋河拉面馆用餐？"福宝听后慌忙回答："姨姨，俺表姐她对象当下正站在北面的槐树下等我们姐弟俩一块吃午饭呢！要不咱四个人一块跟着他去家常菜馆快乐用餐？"闺蜜听福宝说完立马说："小妹，我们娘俩今天中午就不和你们姐弟俩一块用餐了。你们俩赶紧去北面的槐树下和小弟会合好一块用餐。"她听闺蜜说完紧接着说："大姐，咱以后有时间再一块用餐，下午单位见。"闺蜜听后慌忙说："下午单位见。"

帅哥老师带牛花、福宝走进家常菜馆就餐。他等牛花、福宝吃完午饭说："小弟，小妹，记得我在翔宇翼云中学就读初中时，爸妈经常周六带我来这里就餐，家里的一切琐事都由爸妈承担；一晃我在翔宇翼云中学已经不再是当初的少年，家里的一些琐事我便主动帮爸妈承担。"牛花听后紧接着说："帅哥老师，你当下能主动帮叔婶分担一些琐事是好样的。叔婶为有你这么一个好儿子而感到骄傲和自豪。"福宝听牛花说完接着说："帅哥老师，你以后是我学习的榜样。"他听牛花和福宝说完立马说："小弟，小妹，你们现在也很优秀，我们以后应该互相学习，促使自己更加优秀。"牛花和福宝听他说完都很高兴地点点头……

牛花周四下午下班时，闺蜜喊她去单位后面的林荫小道上散步，她毫不犹豫地答应了。闺蜜在林荫小道上揽着她的肩膀问："小妹，你谈的对象在哪儿工作？"她笑着回答说："大姐，我谈的对象和你有关。"闺蜜听后紧接着问："小妹，你谈对象咋和我扯上关系了？"她立马回答说："大姐，你在半年前的一天邀我去翔宇翼云中学听你儿给全体师生做演讲。当我俩听他演讲完去班级队伍里找到他时，有一位很帅的老师不小心把学生的言情小说扔到我身上，他慌忙给我道歉，我当时很受感动。我暑假在金飞驾校跟胡教练学习科目二时，我可巧再一次遇见那位很帅的老师。他考科目二的前一天晚上邀请我去县城餐馆吃饭，我便跟着他过去了。从那以后，我俩便谈起了恋爱。"闺蜜听后惊了一下，再一次问："小妹，你们俩打算什么时候结婚？"她慌忙回答说："大姐，我打算后天休班带他去王湾村见俺爸妈。爸妈要是同意，我们俩年后就结婚。"闺蜜听后紧接着说："小妹，我衷心预祝你俩的婚事能够顺利实现。"她听后随即说："谢谢大姐真心送上祝福。"……

福云好多天没去看望鸡大婶了。她周四下午从家里冰箱拿出一块包装好的肥肉往鸡大婶家走去。她走到半路上恰巧遇见雪人，她慌忙给雪人问好，雪人笑着问："小妹，你拎东西干吗去？"她回答说："大哥，我去俺娘家看看她老人家。"雪人紧接着问："小妹，牛花现在和翔宇翼云中学老师谈得怎么样了？"她回答说："大哥，牛花上周末给他爸打电话说后天中午带翔宇翼云中学老师去俺家做客。"雪人听后随即说："小妹，翔宇翼云中学老师后天去你家要是表现优秀的话，你当妈的赶紧催他俩成家，好早了一份心事。"她听后慌忙感谢雪人善意的提醒。

帅哥老师周四下午第二节课专门去福宝所在的班级听了一堂语文课。同事提问福宝背诵《生于忧患，死于安乐》时，福宝背诵一半不会了，同事立马让福宝坐下。他等下课铃声打响以后便把福宝喊出教室。

福云走进鸡大婶家院门，看娘正坐在堂屋门口切地瓜干。鸡大婶一听到家里的小狗汪汪叫便慌忙抬头看，她快步走到鸡大婶身旁蹲下来问："娘，你今年丰收的地瓜怎么没卖了？"鸡大婶听后反问："小云，我专门留下一袋地瓜好切地瓜干喂小狗，你们家今年丰收的地瓜卖了了吗？"她回答说："娘，我们一家人因为都爱吃超市卖的天荟香薯干，所以俺家今年丰收的地瓜都卖了。我等下次再来看你，我带一箱天荟香薯干给你尝尝。"鸡大婶听后紧接着说："小云，你们一家人既然都爱吃天荟香薯干，你下次再来可别给我带它。我要想吃，我去集市上买它，咱娘俩还是进屋说话吧！"她听后慌忙起身拉鸡大婶起来，她们娘俩一块走进堂屋继续说话。

福宝跟着帅哥老师走进他所居住的宿舍时，他竟然呜呜哭了起来，帅哥老师慌忙揽着他的肩膀说："小弟，我带你来我住的宿舍又不打你，你可别哭，要是让宿舍外的人听见，那多不好。"他听后立马擦干眼泪。

帅哥老师的爷爷周四下午吃完晚饭让小儿子扶他去楼下散步，小儿子听后慌忙搀扶他去楼下散步。他一边走一边对小儿子说："儿呀！等小韦结婚那天，我要是还活着，你可得守着我把我最近三年的退休钱都交给孙媳妇，孙媳妇好买一些日常用品。"小儿子听后慌忙说："爹，你老人家的身体一定会很快好起来。等小韦结婚那天，我一定会按你刚才的吩咐去做。"他听后高兴地点点头……

鸡大婶坐在堂屋沙发上问福云："闺女，我上周周末听福宝说牛花和他学校的老师快谈妥了，这事准吗？"福云回答说："娘，牛花后天带福宝学校的老师去俺家做客，到时候我来接你去俺家看看那位老师。"鸡大婶听后立马说："那可太好了。"……

帅哥老师坐在床前凳子上问福宝："小弟，你在语文课上咋不好好表现自己？"福宝站在帅哥老师面前想了想反问他："大哥，我不喜欢

语文老师的讲课风格，你能不能教俺班语文？"帅哥老师听后紧接着
说："小弟，我刚开始就读初中时也不喜欢听语文老师讲课，导致我的
语文成绩一团糟。班主任老师在七年级下学期刚开始教导我要学会适
应语文老师讲课，那样才能取得理想的语文成绩。于是我开始认真听
语文老师讲课，他布置的作业我一丝不苟地完成，我的语文成绩很快
就提高了。小弟，你现在必须认真听你语文老师讲课，那样才能取得
令你满意的语文成绩。"福宝听后便红着脸说："大哥，我今后一定认
真听语文老师讲课，我保证不再给你丢脸。"帅哥老师听后用左手拍了
一下福宝的左肩膀说："小弟，哥哥相信你一定能够说到做到。"……

　　牛花周四晚上十点坐在单位宿舍床上正缝十字绣时，她放在身旁
的手机一下子振动起来。她接通电话问："帅哥老师，你现在怎么还没
休息？"帅哥老师回答说："小妹，俺班有一个学生在食堂吃晚饭时突
发高烧，我骑电动车带他去校外医务室挂完吊瓶刚回到学校教职工宿
舍。"她听后立马说："帅哥老师，真是优秀！"帅哥老师紧接着问："小
妹，你现在熬夜干吗了？"她回答说："帅哥老师，我今晚正忙着缝制
以前还没绣好的一朵莲花，我明天下午下班想去十字绣店装裱，以后
好悬挂在新房里。"帅哥老师紧接着又问："小妹，我明天下午能否和
你一块去十字绣店装裱你的杰作？"她回答说："帅哥老师，我明天下
午下班要是去十字绣店装裱十字绣的话，我会给你打电话。现在时间
不早了，你赶紧休息吧！咱们明天见。"帅哥老师听后慌忙说："小妹，
你也早点休息，咱们明天见。"

　　帅哥老师的爷爷周五一早醒来对两个儿子说："大孩，二孩，我
现在想出院回家。"大儿听后紧接着说："爹，你的身体现在还很虚弱，
你再在医院疗养几天吧！"小儿随后说："爹，俺哥说得没错，你再住
几天院再回家吧！"他听后便听从了两个儿子所说的话。

　　帅哥老师周五一早从宿舍起床走到他班教室看学生上早读时，他

万万没想到校长竟然站在他班教室后黑板前看学生大声背诵政、史、地、生的重要知识点。他慌忙走到学生中间抽查个别学生的掌握情况，校长随后走出他班教室。

牛花周五凌晨两点终于把一朵莲花缝制好了。她小心翼翼地折叠好放进了提包里，她随后躺在床上开始休息。

福宝周五第二节课在语文课上认真听讲。语文老师提他回答问题时，他回答得非常到位，语文老师夸他进步得真是快极了！

帅哥老师周五吃完午饭回到宿舍便从裤兜掏出手机看微信。他看学校群里的办公室主任发了一条微信说："今天下午三点半在多媒体教室召开全体教职工大会，请勿缺席。"他看完微信便给牛花打电话，牛花接通电话问："帅哥老师，你打电话有啥事？"他回答说："小妹，学校下午三点半召开全体教师会，我不知得开到啥时候？所以我没法陪你去十字绣店装裱你的杰作了。"牛花听后慌忙说："帅哥老师，你们学校的大事、小事真是多！"他听后立马说："小妹，敬请谅解。"牛花紧接着问："帅哥老师，你今天下午开完会还有没有别的要紧事？"他回答说："小妹，我开完会给你打电话，咱俩好一块去海天牛肉馆吃晚餐。"牛花听后爽快答应。

福宝周五下午一放学就去翼云阁东面的篮球场打篮球。他和球友一块打了会儿篮球正想离开时，他身后忽然有人说："福宝这家伙打篮球可真行！"他转头往后一看是小学六年级班主任，他慌忙跑到小学六年级班主任身边给他握手问好。小学六年级班主任紧接着询问他："福宝，你在翔宇翼云中学的期中考试成绩能排到级部多少名？"他笑着回答说："老师，能排到级部前十名。"……

牛花周五下午下班正想拎着提包去十字绣店装裱自个儿绣的莲花，闺蜜却喊她帮忙做一下报表，她毫不犹豫地答应了。她帮闺蜜做完报表正想起身离开时，闺蜜问她："小妹，今晚我请客，你想去哪家

餐馆用餐？"她回答说："大姐，过会儿翔宇翼云中学老师请我吃晚饭，咱俩以后都有空再一块吃饭吧！"闺蜜听后只好说："那好吧！"

翔宇翼云中学校长在全体教师会上着重强调："老师们，咱学校最近有个别老师在工作中分心，导致早读迟到，中午提前下班。咱学校学生每次的大型考试成绩决定着各位老师的命运，我希望你们在今后教学中不能有任何松动的迹象。"帅哥老师听后瞬间觉得最近几天在工作中表现得不太好，今后还需努力工作。

帅哥老师开完会回到办公室便给牛花打电话，牛花接通电话说："帅哥老师，我把那朵绣好的莲花送进十字绣店紧接着来海天牛肉馆等你好大一会儿了，你赶紧过来吧！"他听后立马说："小妹，我马上骑电动车过去见你。"

福宝从篮球场走到家冲洗完热水澡便下楼骑电动车去自家饺子馆吃晚饭。他骑电动车骑到太清湖花苑门口恰巧碰见帅哥老师，他慌忙停住电动车给帅哥老师打招呼。帅哥老师问："小宝，你这是干吗去？"他回答说："大哥，我去俺家饺子馆吃晚饭。你要是有空，咱一块过去吧！"帅哥老师听后立马说："小宝，你姐当下正在海天牛肉馆等我吃晚饭，你要不和我一块过去陪她。"他听后慌忙说："大哥，我今晚就不过去了，预祝你们俩晚餐快乐。"帅哥老师听后笑着说："谢谢小弟送上祝福。"

福云周五吃完晚饭便给牛花打电话，牛花的手机竟然关机了，她心里有点着急，怕牛花出事。

帅哥老师的爷爷自从在县城医院里见完牛花，他的精气神比起入院时明显好转。儿女们看老父亲的病一天天轻起来，他们打心里感到非常开心。

牛粪周五下午在办公室写完材料已经很晚了。他开车回到家看福云正坐在堂屋门口给别人打电话，他一下车就去厨房吃晚饭。福云打完电话走进厨房问他："牛哥，你今天下午给牛花打电话了吗？"他喝口凉茶回答说："小妹，咱闺女在县城工作生活得很好，我没给她打电话。"福云听后紧接着问："牛哥，我刚才吃完晚饭给咱闺女打电话，她的手机竟然关机了，你说她会不会出什么事了？"他听后立马回答说："小妹，咱闺女一向很沉稳，她不会有事，你放心好了。"福云听后便松一口气。

帅哥老师走进海天牛肉馆看牛花正坐在餐桌前看书，他慢慢走到牛花身旁小声说："小妹真好学！"牛花抬头一看他来海天牛肉馆吃晚饭了便笑着说："帅哥你比我更优秀，我要是不好学，咋能配得上你。"他听后立马说："小妹，你对我的评价真是高，我以后更得好好读书，好好工作，好好照顾你。"牛花听后让他赶紧落座好一块吃晚饭。

福宝在自家饺子馆和爸妈一块吃晚饭时对他俩说："爸，妈，我刚才骑电动车在太清湖花苑门口遇见帅哥老师，他邀请我和他一块去海天牛肉馆陪表姐吃晚饭。我婉言拒绝了，你们觉得我做的妥不妥？"爸听后慌忙说："儿子，你考虑得挺周全，你表姐他对象会打心里佩服你。"妈随后说："儿子，你做得不错，他今后会更加关心你。"福宝听爸妈说完便笑着说："爸，妈，我今后在帅哥老师面前还需好好表现，争取不给表姐丢脸。"……

帅哥老师和牛花一块共进晚餐时问她："小妹，现在天气转凉了，你学科目三了吗？"牛花听后反问："帅哥老师，我拿完驾照快有两个月了，你呢？"帅哥老师回答说："小妹，我因平时忙于工作，所以还没学科目三。我打算在学生放寒假时去县城好好跟胡教练学习科目三。年后好买辆小轿车开着接你上下班。"牛花听后立马说："帅哥老师，我建议你下周请三天假去县城好好跟胡教练学习科目三。你寒假休班好买辆小轿车开着带我去旅游。"帅哥老师听后紧接着说："小妹，我听你的。"牛花听后便露出灿烂的笑容。

　　鸡大婶周五晚上躺在床上睡不着觉，她起身穿好棉衣去堂屋给福云打电话。福云起身接通电话问："娘，你现在怎么还没睡觉？"她听后反问："大云，我现在不困，牛花明天什么时候带她对象去你家做客？"福云回答说："娘，我刚才给牛花打电话，牛花有事没有接。我明早再打电话问问牛花。牛花要是明天带她对象来俺家做客的话，我去你家喊你过来陪客。牛花要是有事不带她对象来俺家做客的话，我打电话通知你。"她听后慌忙说："那好吧！我明天坐在家里哪儿也不去。"福云听她说完便让她赶紧休息，她紧接着挂上电话。

　　牛花和帅哥老师一块吃完晚饭牵手走出海天牛肉馆时恰巧遇见雨轩。雨轩慌忙问："牛姐，你和眼前这位帅哥什么时候结婚？"她听后反问："小弟，我们俩结婚时一定请你去喝喜酒，你今晚怎么没和弟妹一块出来散步？"雨轩听后回答说："牛姐，你弟妹当下正在她单位加班，所以我只能一个人出来散会儿步。我现在得回家给她做饭去，你们俩去忙吧！"他们俩听后便异口同声地说："小弟，再见。"

　　福云和鸡大婶通完话紧接着又给牛花打电话，牛花的手机还是处在关机状态。她非常失望地躺在床上盖好被子睡觉了。

　　帅哥老师和牛花一块走到贵诚购物中心门口时，他的手机铃声忽然响起来。他慌忙从裤兜掏出手机接电话，电话那头问："小韦，你今天下午下班怎么没回来？"他回答说："妈，我今天下午下班去海天牛肉馆陪牛花吃晚饭了，所以我没有回去。我明天去牛花家做完客就回家见你老人家，你现在赶紧休息吧！"妈听后便挂上电话。

　　牛花听帅哥老师娘俩说着话时便从裤兜掏出手机给妈打电话。她等帅哥老师接打完电话便慌忙说："帅哥老师，我的手机没电自动关机了，要不我用你的手机给俺妈打个电话，省得她也担心我。"帅哥老师听后紧接着说："小妹，咱要不现在一块去对面联想店买一个手机充电宝，你还是用你的手机给大娘打电话比较合理。"她听后立马说："我听你的。"

福云睡得正香时，她的手机铃声又叮叮当当响起来，她慌忙起身拿起手机接通电话。电话那头说："尊敬的阿姨你好，本公司现有一套海景房五十万出售，你要有那个心的话，你过会儿赶快拨打 XXX 电话办理手续吧！"她听后立马说："我下辈子有钱再买那套海景房，你还是忽悠其他客户买它吧！"……

牛花买完手机充电宝给手机充上电便给妈打电话，手机正在通话中，她打算过会儿回到单位宿舍再给妈打电话。

帅哥老师陪牛花买完一身中意衣服已经晚上十一点了。他打车把牛花送到她单位门口便去海天牛肉馆门口骑电动车回翔宇翼云中学教职工宿舍休息。

牛花下车拎着包装好的衣服走到单位宿舍愣了一会儿才给帅哥老师打电话。帅哥老师接通电话说："小妹，我刚放好电动车走到宿舍，你赶快休息吧！咱明早见。"她听后紧接着说："帅哥老师，你也赶紧休息，咱明朝会。"

牛花挂上电话本想给妈打电话，她看时间不早了，她怕打扰妈休息，她打算明早一起床就给妈打电话。

鸡大婶吃了一片安眠药躺在床上盖好被子睡着了。她夜里做梦梦见牛花和一帅小伙牵手走在河边笑着聊天，有两位小女孩还站在他俩身后往他俩身上洒月季花瓣。

福云挂上那个诈骗电话便继续躺在床上休息。她凌晨三点起床去完厕所继而躺在床上却怎么也睡不着觉。她起身穿好衣服去堂屋开电视看电视剧。

牛花一觉醒来已经早晨九点了。她慌忙给帅哥老师打电话问："帅哥，你现在起床了吗？"帅哥老师听后反问："小妹，我刚起床洗漱完正想给你打电话，咱去哪儿吃早点？"她回答说："帅哥，现在时辰不

早了，你要不骑电动车来财政局门口带我去俺妈家吃早饭。"帅哥老师听后慌忙说："小妹，我马上租辆车去财政局门口接你好一块吃早点。咱俩吃完早点再一块去大娘家做客。"她听后紧接着说："那好吧！"

福云坐在堂屋沙发上看了两个小时电视剧看困眼了，她慌忙起身关上电视上床休息。

牛粪早晨一起床，镇长就给他打电话，他接通电话问："镇长，你现在有什么任务安排？"镇长听后反问："小牛，你现在能否来我办公室帮我写份材料？"他听后紧接着回答说："镇长，我马上过去帮你写材料。"

鸡大婶一觉醒来已经十点了。她起床洗漱完便去锅屋做早饭，她刚烧好玉米面汤，她家小狗忽然汪汪叫起来，她慌忙掀开锅盖往狗锅里舀了两勺子玉米面汤，她随后端狗锅去堂屋西面的槐树下喂给小狗喝。

牛花挂上帅哥老师的电话紧接着给福云打电话。福云慌忙起床接通电话问："闺女，你在哪儿了？"她回答说："妈，我在单位宿舍了，翔宇翼云中学老师过会儿和我一块去咱家见你和爸，你们俩准备好待客吧！"福云听后笑着说："闺女，我和你爸这就去准备瓜果好招待他。"

帅哥老师挂上牛花的电话便走出校门。他在学校门口先打了一辆出租车去贵诚购物中心买了两条南京烟、一箱景芝酒、两把香蕉、一包苹果；他在贵诚购物中心门口后打了一辆出租车去财政局门口接牛花。

鸡大婶吃完早饭坐在堂屋沙发上正拿着牙签剔牙，福云忽然走进她家堂屋喊她去自家陪客。她慌忙起身去东屋换衣服，她换穿上红夹袄、黑毛裤便走出东屋给福云看。福云夸她穿得很时髦，她高高兴兴地跟着福云去她家陪客了。

牛粪帮镇长写完材料已经十一点多了，镇长看后十分满意。镇长邀他一块去食堂吃加班餐，他向镇长说他闺女今天上午带对象去家里做客，他得回家帮老婆准备东西。镇长一听便让他赶紧开车回家招待客人。

牛粪开车回家路过村支书家院门口时便停了下来。他下车关好车门便走进村支书家院门，他看村支书正坐在堂屋门口用竹篾编织竹篮。他走到村支书身边夸他编织的竹篮真好看！村支书抬头一看牛粪过来串门了，便慌忙放下手中活起身请他进堂屋落座。他紧接着对村支书说牛花今天上午带她对象去家里做客，你老人家现在跟我过去陪客吧！村支书听后十分爽快地答应了。

鸡大婶跟着福云走到她家堂屋看牛花还没领她对象过来做客，她问福云："大妮，你家现在还有没有需要拾掇的东西？"福云回答说："娘，我家现在已经收拾得井井有条静等牛花带她对象过来做客，你老人家坐在沙发上歇歇脚，喝口水吧！"

村支书从牛粪的车上下来走进他家堂屋时，他看鸡大婶正坐在沙发上看电视，他慌忙给鸡大婶问好。鸡大婶看他也过来陪客了，便慌忙起身请他坐在沙发上喝口热茶。

牛粪关上车门走进堂屋看鸡大婶过来了，他慌忙给鸡大婶握手问好。鸡大婶也让他坐在沙发上喝口热茶。

牛花站在财政局门口等了好大一会儿才见帅哥老师坐出租车过来。帅哥老师请她去洋河餐馆吃完早点紧接着和她一块坐出租车去她家做客。出租车司机开着车时问："帅哥，美女，你们现在干啥工作？"帅哥老师立马回答说："大哥，我在翔宇翼云中学任教，俺对象在财政局上班。"出租车司机听后非常羡慕地说："你们俩真是一对神仙眷侣！"

牛粪坐在沙发上刚喝完一小口热茶，他装在裤兜里的手机忽然振

动起来，他慌忙从裤兜掏出手机接电话。电话那头说："牛哥，你周四晚上在王湾村饭店预订的十个菜肴做好了，你现在开车过来领取吧！"他听后紧接着说："小弟，我马上开车过去拿你做好的美味菜肴，你辛苦了。"

出租车司机把车开到王湾村村口停住紧接着下车打开后备厢，帅哥老师下车把在贵诚购物中心买的东西全搬下来，出租车司机随后开车离开了。

牛花从出租车上下来便慌忙问："帅哥老师，你来我们家做客咋还买东西？"帅哥老师回答说："小妹，这是我送大伯、大娘的一点心意，你帮我拎苹果香蕉香烟，我搬这箱景芝酒去你家做客吧！"她听后十分爽快地答应了。

牛粪开车到王湾村饭店时，老板娘已经把他点的十个菜肴打包好放在柜台上了。他用微信付完款便拎着那十包菜肴离开了王湾村饭店。

帅哥老师和牛花一块往她家正走着路时，黑嫂从小卖部里面拎两个菜花出来恰巧遇见他俩，他俩慌忙停步向黑嫂问好。黑嫂问牛花："小花，你和你对象什么时候结婚？"牛花回答说："奶奶，过会儿爸妈见到我们俩会敲定结婚时日，到时候我亲自去你家请你喝我喜酒。"黑嫂听后笑着说："我听孙女那么一说不愁以后喝不上你的喜酒了。"牛花听后紧接着邀请黑嫂去她家陪客，黑嫂说家里还有点事就先不过去陪客了。

帅哥老师跟着牛花走进她家院门时，他看牛花家堂屋门口躺着一位老人。他慌忙放下两手搬得那箱景芝酒去扶那位老人起来，那位老人起身问："小伙子，你不怕我讹诈你钱？"他立马回答说："大爷，人命关天，我顾不上那么多了。"那位老人听后笑着说："小伙子，牛花以后和你在一起过日子一定会过得很幸福！"他听后紧接着说："大爷，我以后绝不辜负你对我的期盼。"牛花听后慌忙请他俩进堂屋落座，福云随后把那箱景芝酒搬进厨房。

牛花走进堂屋把手中拎的那三样东西放在了连椅上。她紧接着向帅哥老师介绍村支书、鸡大婶、牛粪、福云。帅哥老师听她介绍完便一一给他们四个人问好，牛粪随后邀请他们五个人去厨房洗手吃午餐。

帅哥老师坐在村支书和牛粪中间给他俩倒酒、上烟；牛花坐在鸡大婶和福云中间一个劲儿地往她娘俩身前的小平底盘里叨鸡肉、鱼肉、肘子肉。他们愉快地吃完午餐已经下午三点了，牛粪又邀请他们回堂屋吃水果唠嗑儿。

黑嫂吃完午饭正想去牛粪家串门，白鸽忽然拎一包猪头肉来她家了。她慌忙给白鸽端水果，白鸽把那包猪头肉放在菜橱里面紧接着坐在沙发上吃完一根香蕉问她："娘，你今天穿一身新衣服干吗去了？"她回答说："闺女，我刚才去王湾村小卖部买花菜出来，恰巧遇见牛花带她对象回娘家。我现在正想去牛粪家唠嗑儿。"白鸽听后便陪她一块去牛粪家串门。

村支书坐在沙发上吃了一个小西红柿，对坐在他两侧的牛粪和福云说："大侄子，侄媳妇，翔宇翼云中学老师以后能把牛花照顾好，你们俩就放心吧！"福云听后慌忙问："老大伯，既然你看翔宇翼云中学这位老师不错，那我和牛粪就同意他们俩成家，你看他们俩哪天结婚比较合适？"村支书掐指算了算回答说："他们俩在明年五·四结婚最为合适。从现在起，你家和他家就开始着手准备一些结婚用的东西吧！"牛粪听后笑着说："谢谢大伯悉心指点。"村支书听后忽然起身说："大侄子，不用客气。谢谢你今天邀请我过来陪客，我现在得回家继续编竹篮去，你们五个人慢慢拉呱吧！"牛粪听后慌忙起身从连椅上拿一条南京烟送给村支书。村支书让牛粪赶紧把那条南京烟放下，

不然的话，村支书说以后不和他家来往了。

牛粪送走村支书回堂屋坐在躺椅上问帅哥老师："帅小伙，你家在县城买房了吗？"帅哥老师坐在方凳上回答说："大伯，我家今年刚在县城宝徕花苑买下一套房，现在还没装修。"鸡大婶听后慌忙说："俊小伙，你赶明儿赶紧找人装修房，明年五·四好结婚，你婚后可得把俺外孙女照顾好，不然的话，俺外孙女就跟你离婚。"帅哥老师听后紧接着说："姥姥，我等寒假休班就找人装修房。我从今往后一定好好待牛花，你老人家就放心吧！"

牛花坐在帅哥老师身旁听他那么一说特别开心。她紧接着问："帅哥老师，现在我们俩的结婚时日订好了，你打算给我们家多少彩礼钱？"帅哥老师回答说："小妹，大娘要多少我就给多少。"福云坐在连椅上慌忙说："小帅哥，鉴于你们家的条件还不错，你给六万六吧！"帅哥老师听后立马说："大娘，等下次来做客，我就把彩礼钱带过来。"堂屋外面有人紧接着说："小伙说得真干脆！"福云一听堂屋外面有人说话，便慌忙起身走出堂屋。黑嫂和白鸽一看福云出来了便向她问好，福云紧接着请她娘俩走进堂屋落座。

鸡大婶一看黑嫂和白鸽来闺女家串门了，她慌忙起身请她娘俩坐在沙发上，她紧接着从堂屋桌子底下搬了一个方凳坐在黑嫂对面。牛花慌忙给她娘俩一人一个香蕉。她娘俩异口同声地说了句——谢谢。帅哥老师紧接着向她娘俩问好并倒了两杯热茶放在她娘俩身边。她娘俩又异口同声地说了句——帅小伙不孬。

村支书回到家坐在堂屋门口刚编起竹篮，儿子雪人忽然拎一包东西走到他身旁问："爸，我刚才来一趟给你送冷鲜肉，你怎么没在家？"他抬头起身回答说："大孩，牛粪上午十一点多过来喊我去他家过目一下牛花找的对象。我这不刚来到家。"雪人听后立马问："爸，你看翔宇翼云中学老师表现得怎么样？"他笑着回答说："大孩，那位老师在言谈举止上表现得特别优秀，牛花和他非常般配。"雪人听后紧接着说："爸，牛花这小姑娘真会找对象！"他随后邀请雪人进堂屋落座。他坐在沙发上问："大孩，牛花以后出嫁，我得给多少压腰钱？"雪人回答说："爸，牛弟跟咱家相处得很好，我觉得你至少得给六百块钱。"他听后说："大孩，我听你的。"……

白鸽喝了一小口热茶问帅哥老师："帅小伙，你在翔宇翼云中学的工资待遇怎么样？"帅哥老师回答说："大娘，我每个月能领四千块钱左右。"白鸽听后紧接着问："帅小伙，翔宇翼云中学给你交不交五险一金？"帅哥老师无奈地摇摇头。

黑嫂为翔宇翼云中学不给帅哥老师交五险一金而感到惋惜。她喝了一小口热茶说："帅小伙，你以后还得努力学习教师编资料，争取早日考上教师编，好了长辈心事。"帅哥老师听后慌忙说："谢谢奶奶给予指点，我以后一定不会辜负长辈对我的期望。"……

帅哥老师周六晚上坐出租车回到家看爸妈正坐在沙发上剥花生，他慌忙坐在妈身边也开始剥花生。妈剥着花生问他："儿子，你今天去牛花家有什么新进展？"他听后竟然呜呜哭起来。爸慌忙停下剥花生说："儿子，牛花父母既然没看中你，咱以后就在翔宇翼云中学找个临时老师当对象。"妈听后紧接着说："儿子，你现在别灰心，咱以后考上教师编再找对象也不迟。"他哭完对爸妈说："爸，妈，我没和你们俩商量就把牛花家要的六万六彩礼钱应下来了，敬请谅解。"妈听后慌忙说："儿子，妈理解你，你现在不用为彩礼钱犯愁，你姥姥这么多年给我的私房钱足够。"爸随后剥着花生说："儿子，牛花父母现在要嘛，你赶明儿就给他俩嘛，争取有一天能把牛花娶回来。"他听后紧接着说："爸，妈，牛花父母今天中午邀请她村大爷陪我吃完午饭以后便把我们俩的结婚时日给择好了。她村大爷说我和牛花在明年五·四结婚最合适。牛花父母立刻答应了。我们家从今往后就着手准备装修宝徕

花苑那套房。等我拿完驾驶证就买辆好一点的小轿车开着上班吧！"
爸妈听后毫不犹豫地答应了。

帅哥老师周末一早在家吃完早饭便骑电动车去县城医院看望爷爷。他骑电动车骑到县城医院门诊楼前恰巧遇见福宝娘俩从里面走出来，福宝慌忙给他问好。他随即问："小弟，大婶，你们娘俩今天来医院看望谁？"大婶立马回答说："大侄子，你小弟最近两天晚上喊脖子疼，我今天一早带他来医院找俺同学给他看了一下，俺同学给他拿了四贴膏药。"他听后紧接着叮嘱福宝以后学习休息时要用双手勤按摩脖颈，还要加强体育锻炼。

帅哥老师走进爷爷住的病房看他正坐在病床上看书。他走到爷爷身边蹲下向他问好，爷爷放下书本问他："小韦，你和牛花什么时候结婚？"他回答说："爷爷，我昨天去牛花家见她父母了，她父母找人把我们俩结婚的日子算好了，我们俩明年五·四结婚。爷爷，你当下可得安心养病，年后好喝我们俩喜酒。"爷爷听后笑着说："小韦，我一定会注意好身体，你放心好了。"……

福宝回到家坐在沙发上喝完水，问妈妈："妈，你看俺表姐和帅哥老师般不般配？"妈妈坐在躺椅上回答说："儿子，我刚才看牛花她对象长得挺好，说话也很得体，唯独现在没有正式工作。"福宝听后紧接着说："妈，我有好几次去俺语文老师办公室送作业见帅哥老师大声背诵教育心理学。他有朝一日一定能够考上正式编制，到公立学校任教。"妈妈听后立马说："儿子，但愿牛花她对象以后能够考上教师编，那样才能配得上她。"……

帅哥老师周二下午一下班就去校长室请假说："校长，我现在还没学完驾照，我想请三天假去县城学习科目三。"校长听后说："韦吉，你现在要是请假学车得找好搭班老师帮你看早读，看课间操，看语文课，看学生就餐等琐事。"帅哥老师听后立马说："校长，我现在已经

找好搭班老师做你所说的那些事情了。你要是不相信，你现在可以给俺班数学老师打电话询问他。"校长听帅哥老师这么一说便准他请三天假。

牛花周三下午下班去十字绣店拿完装裱好的莲花，回到单位宿舍便给帅哥老师打电话。帅哥老师接通电话问："小妹，你现在干吗了？"她回答说："帅哥老师，我下班去十字绣店拿完老板给我装裱好的莲花，刚回到单位宿舍，咱今晚一块吃晚饭吧！"帅哥老师听后紧接着说："小妹，我现在正坐在县城车管所门口的槐树下等候胡教练让我练一号线，要不咱周六晚上一块吃晚饭。"她听后慌忙说："那好吧！预祝你早日拿到驾驶证。"

牛花挂上帅哥老师的电话便去福雨家饺子馆帮他给顾客端水饺。她帮福雨招待完顾客已经晚上十一点了，累得她气喘吁吁。她和福雨一块吃晚饭时说："小舅，无论现在干什么行业都需要辛勤付出，不然的话，没法生存。"福雨听后笑着说："牛花，你说得很有道理，你以后在工作岗位上还需再接再厉，争创先锋。"……

福宝周五下午从翔宇翼云中学放学，一回到家就对妈妈说："妈，俺班各科老师今天上午都很反常，他们竟然都布置了一大堆家庭作业。"妈妈听后紧接着问："儿子，你觉得有没有必要做那堆家庭作业？"福宝回答说："妈，英语、历史、生物这三科老师让我们抄助学习题，其他四科老师一共给我们发了二十五张试卷。我觉得我抄助学习题没有必要，我做试卷上的容易题没有必要。"妈妈听后让福宝按自己所说的去做家庭作业。

帅哥老师在县城车管所门口跟胡教练学了三天科目三便在交管12123上预约科目三考试，他希望十天以后能够顺利考过科目三。

牛粪周六上午开车去县城锦绣花园售楼处交款拿钥匙。他一拿完钥匙就给牛花打电话，牛花接通电话问："爸，你打电话有什么要紧

事?"他回答说:"闺女,我和你妈努力奋斗了三十年终于在县城买下一套房了。我当下站在锦绣花园小区门口等你,你打车过来随我一块走进去看看咱家买的新房吧!"牛花听后立马说:"爸,我这就过去,你稍等一下。"

鸡大婶最近五天早晨一起床就给福云打电话说右肩膀很疼,福云在自家一吃完早饭就去鸡大婶家帮她按摩、贴膏药。

福雨周六吃完午饭开车拉着福宝回王湾村看鸡大婶。

福雨和福宝一块走进鸡大婶家堂屋看她正坐在沙发上缝制棉马甲,福宝慌忙向鸡大婶问好。鸡大婶抬头一看福雨和福宝家来看她了,便慌忙放下棉马甲起身去东屋拿出来两个洗好的红富士苹果分给福雨和福宝品尝,福宝接过苹果立马说谢谢奶奶,鸡大婶听后露出得意的笑容。

福雨坐在方凳上吃完红富士苹果问:"娘,你的右肩膀还疼不疼?"鸡大婶回答说:"大孩,你大姐这几天在家一吃完早饭就过来给我揉捏右肩膀,我的右肩膀现在比五天前轻多了。"福宝听后慌忙说:"奶奶,你以后可别让右肩膀受凉。俺爸刚才让我在手机淘宝上给你买了十贴万通筋骨贴,他过两天给你送过来,你贴上它会很快好起来。"鸡大婶听后慌忙感谢福雨想得真周到!

牛花坐出租车到锦绣花园小区门口便和牛粪一块走进去看新房。她走进新房一看,三个卧室和两个客厅都很宽敞。她站在北面客厅往后看能看见高山、松树、瓦屋,她站在南面客厅往前看能看见喷泉、枫树、高楼。她对牛粪说自个儿家新房北临乡村,南临城市,真是宜居的好地方!……

帅哥老师周六下午五点练完车便给牛花打电话。牛花接通电话问:"帅哥老师,你今晚请我去哪儿吃晚饭?"他回答说:"小妹,俺妈今晚专门给我们俩准备一桌丰盛的菜肴,我现在打车去你单位门口接你去俺家做客。"牛花听后欣然答应。

福云周六一早起床吃完早饭便出门去蔬菜大棚做工了，她一直干到晚上七点才回家吃晚饭。她在厨房吃完晚饭便回堂屋坐在沙发上和牛粪一块看电视剧。她看完三集电视剧问牛粪："牛哥，闺女今天去没去锦绣花园看咱俩买的那套房？"牛粪喝口温水回答说："小妹，牛花对咱俩投资买的锦绣花园那套房非常满意，她说以后出钱帮咱俩装修那套房。"她听后笑着说："牛哥，闺女永远是咱俩的贴心小棉袄，我俩以后老了不能动了就全指望她了。"牛粪听后紧接着说："小妹，你说得没错，牛花这孩子对我俩比谁都好。"……

帅哥老师牵着牛花的手走进他家堂屋时，他万万没想到爷爷从县城医院来他家了。他俩慌忙给爷爷打招呼，爷爷让他俩坐在他身旁。牛花坐下来问："爷爷，你老人家的身体恢复得怎么样了？"爷爷回答说："小花，我自从在县城医院见到你，我的身体一天比一天硬朗。你以后是韦家的门面，俺孙子绝不给你气受。"牛花听后笑着说："爷爷，我和你孙子结完婚一定会好好过日子，你老人家就放一百个心吧！"爷爷听后特别高兴地唱起了经典歌曲——《永远是朋友》。

帅哥老师陪家人一块吃完晚饭便邀牛花出门散步，他们俩牵手走在果园边的小道上愉快聊天。牛花首先开口问："帅哥老师，你们家打算什么时候装修宝徕花苑那套房？"他笑着回答说："小妹，我等十天以后考完科目三和科目四就打电话请你和我一块去县城的金科陶瓷店选瓷砖。咱俩选完瓷砖，我劳驾俺小姨父帮我找人装修宝徕花苑那套房。"牛花听后紧接着问："帅哥老师，俺爸妈刚在锦绣花园买下一套房，现在也没装修。你找人装修完宝徕花苑那套婚房能不能帮俺爸妈在县城的金科陶瓷店也选一下瓷砖？然后再找人装修锦绣花园那套房？"他立马回答说："小妹，你家锦绣花园那套房装修的事，我会像对待装修婚房那样高度重视，你请放心。"牛花听后笑着说："谢谢帅

哥老师,我和爸妈的余生还需你多多关照。"他听后抱起牛花说:"亲爱的,别客气。"……

福宝周一早晨拎着书包刚走进教室,他看各科老师早已站在他的课桌前面等着收他的家庭作业。他大步走到他的课桌后面把书包放在课桌上对他们说:"各位老师,我周五放学回到家对俺妈说抄助学习题没有必要,做试卷上的容易题没有必要,俺妈听后没有反对,你们现在谁要是敢打骂我,我立马去电话亭给俺妈打电话。"各科老师听他那么一说便都走出教室。

牛花在帅哥老师考科目三的前一天晚上邀请他去海天牛肉馆用餐。她坐在帅哥老师对面说:"未来老公,你明天上午考科目三不要紧张,要沉住气,我看好你能一把通过。"帅哥老师听后笑着说:"未来老婆,我明天上午一定会用心考科目三。等我拿完驾驶证,我寒假休班邀你和我一块去外县买小轿车好外出旅游。"她听后立马说:"但愿你明天能够顺利拿到驾驶证。"……

福宝的期末考试成绩异常出色,爸爸奖给他一部华为手机,他把华为手机锁在了卧室写字台的抽屉里。他在放寒假的前两周和最后一周去县城新华书店阅读了大量课外名著,他的作文水平有了大幅度提高。

牛花腊月二十九下午从县城坐公交车回家过新年。福云晚上给她做了红烧排骨、萝卜炖鸡、葱花鸡蛋、辣炒菜花;牛粪晚上给她烧了一锅莲子八宝汤。她吃完晚饭对牛粪和福云说:"爸,妈,你们俩在锦绣花园买的那套房,帅哥老师找人装修好,买完家具了,你们俩要不年后二月二搬过去居住。"牛粪听后紧接着说:"闺女,那帅小伙做事真够麻利!我和你妈等以后给你看孩子再过去居住。"她听后笑着说:"那好吧!"……

帅哥老师腊月三十一早在家起床吃完早饭便去家前车库开吉利

车。他开吉利车去贵诚超市买完两条南京烟、一箱茅台酒、一箱特仑苏、一箱火腿肠，他紧接着开吉利车去牛花家送节礼。

福宝腊月三十在奶奶家吃完早饭便开始擦堂屋的桌椅板凳。过了没多大会儿，牛花拎着一袋东西过来看奶奶了，他慌忙请牛花坐在沙发上并给她倒热茶。牛花坐在堂屋沙发上放下那袋东西抿了一口热茶问："小弟，姥姥现在去哪儿了？"他立马回答说："姐姐，俺奶奶今早去村东头给王家帮忙撕孝了。"牛花听后紧接着问："小弟，你期末考试考得怎么样？"他笑着回答说："姐姐，我考了级部第六名。"牛花听后叮嘱他："小弟，你可不能骄傲自满，咱年后开学还需努力学习各门功课。"他听后慌忙说："谢谢姐姐悉心指教。"

帅哥老师开吉利车到王湾村村口的槐树下便停车给牛花打电话。牛花接通电话问："帅哥老师，你现在忙吗？"他回答说："小妹，我在王湾村村口等你了，你出门过来迎接我吧！"牛花听后立马说："帅哥老师，你稍等一下。"

牛粪腊月三十一早起床给牛花娘俩做完早饭便去村东头烧纸了。他烧完纸，吃完饭，走到王湾村村口恰巧看见帅哥老师正站在吉利车前看书。他停下脚步问："帅小伙，你今天咋过来了？"帅哥老师抬头一看便回答说："大伯，我寒假休班一直忙着做各种事情，我今天才停下来喘口气。我现在来王湾村给你和大娘送节礼，我刚给牛花打电话让她出门来王湾村村口迎接我一下，可巧你路过这儿。咱要不等她一下，过会儿我开车拉你们父女俩回家。"他听后立马说："帅小伙想得真周到！"帅哥老师听后紧接着说："大伯，这是你未来的女婿应该做的，你以后把牛花交给我就放心吧！"他听后笑着说："帅小伙，我以后把牛花交给你十分放心。"牛花忽然站在吉利车后面，紧接着问："爸，你放心了，我不放心，帅小伙要是结完婚不和我好好过日子怎么办？"他听后慌忙回答说："闺女，帅小伙既然真心看上你，他结完

婚一定会和你好好过日子。"帅哥老师听后紧接着说:"小妹,我好不容易在茫茫人海中遇见你,我会好好照顾你,现在你和大伯两个人赶紧上车吧!我好开车去你家做客。"他俩听后异口同声地说:"好的,帅小伙。"

福宝擦完奶奶家堂屋的桌椅板凳便锁好院门去了福云家。他走进福云家院门看帅哥老师和牛花两个人正坐在院中玩手机,他慌忙走到牛花身边也坐下来玩手机。

过了一会儿,牛粪和福云两个人从外面各拎一包东西回家了。福云让他们仨停下玩手机好去厨房吃午饭。

鸡大婶在村东头给人家忙完白事便往家走去。她走到院门口一看锁门了,她慌忙去黑嫂家给福宝打电话。福宝接通电话问:"你好,你是哪位?"电话那头回答说:"小宝,我给人家帮完忙回家看院门紧锁着,你赶紧回家给我开门,我好剁馅子过新年。"福宝听后立马说:"奶奶,我这就回家,你稍等一下。"

福宝一挂上电话就对大姑一家人和帅哥老师说:"大姑、姑父、姐姐、帅哥,你们慢用餐,奶奶给人家帮完忙走到家门口了,我现在得给她送钥匙去。"牛粪听后紧接着说:"福宝,要不我现在开车送你过去,省得你走路慢。"福宝听后慌忙说:"姑父,我走路慢,跑步快,不用你送。"福云、牛花、帅哥老师听后都叮嘱福宝在路上跑步时要注意安全。

鸡大婶在除夕晚上为儿子一家做了一桌丰盛的菜肴。福宝坐在堂屋方凳上吃晚饭时一连起身给她端了三杯雪碧让她喝,她喝到心里顿觉美美的。福宝随后祝愿她在新的一年里身体健康、万事如意……

帅哥老师在牛花家吃完午饭便对他们一家三口说:"大伯,大娘,小妹,谢谢你们今天中午热情招待我。我现在得回家走亲戚去,我今天下午就不能帮你们做活了,敬请谅解。"牛粪听后笑着说:"帅小伙，别客气，你忙你的。"福云听牛粪说完紧接着说："小帅哥，烟酒我们家不缺，你带走走亲戚去吧！"帅哥老师听后立马说："大娘，我今天上午过来买四样东西是我特意给你和大伯送的节礼，你要让我带走，不就见外了。"牛花听后慌忙说："帅哥老师，你今天上午送的节礼我们留下，我现在给你回两包优等粉条，你带回家给叔婶品尝一下吧！"帅哥老师听后非常爽快地答应了。

福宝吃完年夜饭坐在堂屋沙发上手持华为手机看完春节联欢晚会已经零点一刻了。他慌忙放下华为手机去屋外卫生间洗脸、刷牙、泡脚。他洗刷完走进堂屋坐在沙发上拿起华为手机看了一下微信，爸妈、表姐各给他发了一个新年红包，他收完新年红包里面的钱便给爸妈、表姐各回复一句谢谢。他随后走进西屋躺在床上美美地睡觉了。

帅哥老师拎着两包优等粉条走进自家院门看爸妈正坐在堂屋门口择芹菜，他走到爸妈身边蹲下来说："爸，妈，我给牛花家送完节礼回来了，牛花回给我两包优等粉条，咱今晚撕开一包炖白菜吧！"爸听后紧接着说："儿子，我和你妈过会儿按你说的去做，你现在赶紧去堂屋拎牛奶和火腿肠开车去你大姑家送节礼吧！"他听后起身说："爸，我马上按你的吩咐去做。"

帅哥老师的爷爷除夕晚上在大儿家吃完年夜饭便步行去小儿家唠嗑儿。他走到半路恰巧遇见本家大叔，他慌忙给本家大叔打招呼上烟，本家大叔吸一口烟问："大侄子，你家小韦现在不小了，他找妥对象了吗？"他笑着回答说："大叔，俺家小韦年后五·四结婚，他到时候去你家请你喝他喜酒。"本家大叔听后惊了一下，便慌忙说："大侄子，咱村还有不少大龄青年没找妥对象，你家小韦终于从里面脱身了，你当爷爷的可了心事了。"他听后紧接着说："大叔，你说得真是太对了！小韦大学一毕业竟然没领个对象回家，我有时成夜成夜地睡不着觉，我自从小韦找妥对象并订了婚，我每晚都睡得很香甜。"本家大叔听后笑着问："大侄子，小韦找的对象在哪儿工作？"他非常自豪地回答说："大叔，小韦他对象在县城财政局干正式工。"本家大叔听后又惊了一下，便慌忙说："大侄子，小韦真是个有福气的帅小伙！他和那小姑娘是上等婚姻。"他听后立马说："大叔，借你吉言，小韦今后一定能和他对象过上幸福美满的生活。你要不现在和我一块去小韦家坐坐？你再交代他婚后一定得照顾好老婆。"本家大叔听后随即说："大侄子，我现在得回家帮老伴儿包年夜水饺，我赶明儿有空去小韦家串门唠嗑儿。"他听后随即说："大叔，你回家去忙吧！咱俩明年见面再闲谈家事。"本家大叔听后说了句"好的"便径直往自家走去。

帅哥老师拎牛奶和火腿肠走进大姑家院门时，他看大姑正坐在堂屋门口忙着削土豆，他走到大姑跟前慌忙说："大姑，小韦来给你送节礼了。"大姑听后立马抬头起身邀请他进堂屋落座。他走进堂屋把拎的牛奶和火腿肠放在菜橱旁边。他紧接着坐在方凳上问："大姑，表哥一家今天怎么没回来过年？"大姑坐在沙发上回答说："小韦，你表哥最近几年做生意忙，他们一家除夕晚上回来过年，你要不今晚在俺家陪他们一家喝两盅酒再回家。"他听后紧接着说："大姑，现在路上查酒驾严，以后有空我再过来陪表哥一家喝酒，我现在得回家帮爸妈做菜去，你慢慢忙吧！"大姑听后让他把牛奶拎走好晚上喝，他慌忙说自个儿家还有很多箱牛奶，还是大姑你留着喝吧！

帅哥老师的爷爷走进小儿家堂屋时，他看小儿一家人都坐在连椅上聚精会神地看春节联欢晚会，他就坐在沙发上也开始看起来。

帅哥老师起身打了一个哈欠转头正想去厕所时，他看爷爷过来坐在了沙发上，他慌忙走到爷爷身边给他上烟。爷爷坐在沙发上吸着烟问："小韦，你家宝徕花苑的那套房装修得怎么样了？"他坐在爷爷身边回答说："爷爷，宝徕花苑那套房刚铺完瓷砖，年后再吊顶、打橱、安门、刷漆、上灯、保洁、美缝。"爷爷听后慌忙从裤兜掏出一沓红票送给他，他接过那沓红票说了一句——谢谢爷爷。

福宝大年初一早晨七点一起床就跑进堂屋饭桌前给奶奶和爸妈拜年。奶奶慌忙放下碗筷从裤兜掏出一张红票送给他当作压岁钱。他非常高兴地接过红票说了一句——谢谢奶奶。爸妈让他赶紧去屋外卫生间洗脸、刷牙好吃早饭，他听后慌忙跑了出去。

牛花大年初一一早起床看了一下手机微信，微信好友都祝愿她在新的一年身体健康、万事如意、阖家幸福。她紧接着给微信好友群发了一条微信，她祝愿微信好友在新的一年身体健康、心想事成、家庭和睦。帅哥老师忽然给她发了一个微信红包并附文说："老婆，帅哥在新年第一天早晨恭祝你和大伯、大娘今后开开心心，共同享受美好生活。"她看后非常高兴地收下帅哥老师发给她的微信红包并回复说："老公，小妹一家谢谢你的心意和祝福。同时小妹一家也祝愿你们一家人在新的一年身体安好、万事大吉、幸福美满。"帅哥老师看后给她发了一张笑脸，她紧接着给帅哥老师回复一张笑脸。

福宝大年初一吃完早饭跟着爸爸去邻里乡亲家拜年。他在邻里乡亲家拜完年主动给他们打招呼问好，邻里乡亲都夸他懂事并送给他一些糖块、瓜子品尝。

帅哥老师大年初一吃完早饭给爷爷、大伯、大娘拜完年便跟着爸去邻里乡亲家拜年。邻里乡亲看他拜完年都问他找妥对象了吗？他慌忙从裤兜掏出手机打开相册给邻里乡亲看他对象的照片。大多数邻里乡亲都夸他对象长得真是一表人才！有一少部分邻里乡亲半信半疑地问他找的对象保不保险？他对那一少部分邻里乡亲回答说五·四结婚。那一少部分邻里乡亲让他到时候别忘了请喝喜酒，他爽快地答应了。有极个别邻里乡亲对他说太过好看的对象一般都不好好过日子，你还是换个对象比较好。他听后立马对那极个别邻里乡亲说自个儿现在谈的对象在县城财政局工作得非常出色，也很听他的话，他下辈子也不会换对象。那极个别邻里乡亲听后便对他说但愿你们俩以后能成为模范夫妻。他听后紧接着说一定能如你们所愿。

帅哥老师跟着父亲给邻里乡亲拜完年刚回到家，他的手机铃声一下子响起来，他慌忙从裤兜掏出手机接电话。电话那头问："小韦，你现在有什么事吗？"他回答说："大伯，我现在没什么事，你有事尽管说。"大伯紧接着邀他去他家打麻将，他听后慌忙答应了。

福云一家三口大年初二吃完早饭便各拎一包东西步行去了鸡大婶家。鸡大婶大年初二吃完早饭刚想给福云打电话，福云一家三口忽然拎着东西来她家了，鸡大婶慌忙请福云一家三口坐在沙发上看电视。

福宝睡在床上，一听福云一家人过来做客了，他慌忙起床开门走进堂屋给福云一家人拜年。福云立马从裤兜掏出三张红票送给他当作压岁钱。他紧接着说了一句——谢谢大姑一家送我压岁钱。他随后把那三张红票装进裤兜。

福雨小两口睡在床上，一听福云一家人过来做客了，他俩也慌忙起床开门走进堂屋给福云一家人问好。福云让他们一家三口赶紧洗刷、吃早饭，过会儿好去王湾村饭店吃丰盛的午餐。

帅哥老师一向打麻将很不顺，出个三五百块钱很正常。他今天在大伯家打麻将却出奇的顺，他一连和了八把牌，大哥、大伯、爷爷立马请求他换一下位置，他便和爷爷互换了一下。他换完位置，麻将牌依然很好。他为了让让他们仨，他故意有两把不和牌，爷爷和完那两把牌非常高兴。大伯、大哥始终没有和一把牌便自认点子背。他打完麻将在大伯家吃完晚饭便高高兴兴地走着回家了。

牛粪在王湾村饭店就餐时问福雨："兄弟，你们家过去一年在县城饺子馆做生意能收入多少钱？"福雨回答说："大哥，我们家生意比较平稳，去年一年能收入十来万块钱，够我们一家人的生活费。"牛粪听后预祝兄弟家今年的生意会红红火火，福雨听后立马给大哥端了一杯酒。

鸡大婶在王湾村饭店就餐时对牛花说："小花，我前几天听你雪人大伯说现在当老师非常吃香，工资那是噌噌地往上涨。"牛花听后紧接着说："姥姥，临时老师比正式老师的付出多，工资涨幅少，压力超级大。"福宝听后立马说："奶奶，俺表姐评价老师评得非常到位，你像帅哥老师在翔宇翼云中学工作得就超级辛苦，他有时一个月的工资还不如正式老师的一半。有个别正式老师还整天抱怨工资低，不好好干。"福雨听后慌忙说："儿子，你可别瞎说，每一所学校的老师都工作得很辛苦。"牛粪听后紧接着说："你们说得都没有对错之分，我曾经在学校工作过，我觉得老师挣得每一分钱都是血汗钱，老师需要每一个人尊重。"桌上其他人听后都报以热烈掌声……

帅哥老师走进堂屋看爸妈正坐在方凳上剥熟花生品尝，他异常兴奋地对爸妈说："爸，妈，我今天在大伯家打麻将赢了很多钱，够给牛花买两身名贵衣服。"爸听后慌忙叮嘱他："儿子，你今后可不能放松学习教师编资料，待在翔宇翼云中学工作可不是长久之计。"他听后立马说："爸，我理解你的一片苦心。"妈听后让他赶紧洗刷休息，明天好早起开车去走亲戚。

牛花大年初三吃完早饭给福宝打电话邀他去爬北山，福宝毫不犹豫地答应了。福宝爬到北山山顶累得气喘吁吁，牛花叮嘱福宝以后还得加强体育锻炼。

帅哥老师大年初二一早刚刚起床，他的手机铃声忽然响了起来，他慌忙从床前桌上拿起手机接电话，电话那头说："韦吉，我今天回老家有急事，你替我去学校值班室值天班吧！"他听后紧接着说："好的主任，你去忙吧！"

帅哥老师挂上电话走出卧室，继而走进堂屋看爸妈正吃早饭，他立马对爸妈说："爸，妈，俺级部主任刚才给我打电话说老家有急事，他让我今天帮他去学校值班室值天班，我心善答应了。那我今天就不能开车拉你们去走亲戚了，敬请理解。"爸听后紧接着说："儿子，你咋还那么客气，你还是忙级部主任拜托你的事要紧。"妈随后说："儿子，妈一直以来都很理解你，你现在赶紧洗刷吃早饭，好开车去学校值班室值班。"他听爸妈说完紧接着说了句"谢谢爸妈"便走出堂屋洗刷。

福宝大年初三下午跟着爸妈坐公交车去外婆家做客。他一见到外婆便慌忙给她打招呼拜年。外婆等他拜完年便给他压岁钱，他双手接过压岁钱说了句"谢谢姥姥"便装进裤兜。外婆随后询问他："小宝，你在翔宇翼云中学的学习成绩怎么样？"他笑着回答说："姥姥，我的学习成绩能在级部排前十名。"外婆听后叮嘱他今后可不能骄傲自满，还得继续努力学习，好给小表弟做榜样……

帅哥老师洗刷完吃完早饭便开车去了学校。他走进学校值班室一看，有许多六年级学生家长正排队站在副校长的值班桌前给孩子报名交一寸照片。他慌忙坐在副校长的值班桌对面的桌前对那些排队等候的六年级学生家长说："尊敬的家长同志，现在我这儿也可以报名交照片。"那些排队等候的六年级学生家长听后便有一多半站在他桌前等着报名交照片。

牛花大年初三下午开着小舅家的奔驰轿车去县城四星级酒店参加初中同学聚会。她一见到初中同学便非常亲切地跟他们握手问好。初中同学也向她问好并询问她找妥对象了吗？她笑着对初中同学回答说现在正谈着对象。初中同学听后预祝她早日成家，她听后紧接着对初中同学说了一句谢谢你们给我送上真诚祝福……

帅哥老师大年初二中午邀请副校长一块在家常菜馆用餐。副校长吃完午饭问他："小弟，我明天想开车拉老婆孩子去岳父家，你能否也帮我值一天班？"他立马回答说："大哥，我帮你值一天班可以，你明天去忙吧！"副校长听后紧接着从裤兜掏出一张红票送给他，他慌忙问："大哥，咱兄弟间的感情难道用金钱衡量？"副校长听后立马把那张红票又装进裤兜……

牛花大年初三晚上从县城开奔驰轿车回到家已经二十三点了，爸妈看她满脸通红便让她赶紧洗刷休息。她夜里做梦梦见帅哥老师带她去泰山、黄山、云台山旅游，帅哥老师还给她买好多纪念品。她做完美梦醒来一看，窗外依旧是漆黑的夜，她紧接着又闭眼熟睡了。

福宝正月初四下午跟着爸妈离开外婆家坐公交车回了县城。他走进家门换上衣服便去卧室做寒假作业。他做了一个小时寒假作业去客厅喝水时，忽然有人敲他家家门，他慌忙放下水杯跑去开门。他打开门一看，表姐和帅哥老师各拎两样东西来他家做客了。他慌忙请表姐和帅哥老师去客厅沙发上落座，紧接着关上门去客厅给表姐和帅哥老师倒热茶。

牛花和帅哥老师一块走进客厅把东西放在沙发前坐了下来。福宝给他俩倒完热茶便让他俩趁热喝点润润嗓子，他俩异口同声地说了一句——谢谢小弟。

帅哥老师坐在客厅沙发上问福宝："小弟，你的各科作业完成得怎么样了？"福宝笑着回答说："帅哥老师，我现在只剩下一本寒假作业没有做完。"帅哥老师听后紧接着说："小弟，你在家表现得也很棒！我看好你两年之后的中考一定能够金榜题名。"福宝听后立马感谢帅哥老师美言他。

牛花坐在客厅沙发上刚抿两口热茶，她的手机铃声一下子响起来。她慌忙从裤兜掏出手机接电话，电话那头诚挚邀请她正月十二去县城的格林豪泰大酒店喝喜酒，她听后爽快答应了。

福雨小两口睡醒一觉听客厅有人说话，他们俩慌忙起床穿好衣服去客厅看谁过来串门了。

福宝和帅哥老师两个人坐在客厅沙发上往南转头聆听牛花畅谈人生时，福雨小两口悄悄走到客厅沙发前也坐下来用心聆听。

牛花在畅谈人生的结尾处这样说道："我自从参加工作便一直告诫自己要在工作岗位上兢兢业业，不能给领导添麻烦。我现在对自己的表现还算满意，我今后还得继续努力干好本职工作。"福宝、帅哥老师、福雨小两口听她畅谈完人生便给她报以热烈掌声。

帅哥老师给牛花鼓完掌转头一看叔婶也坐在了客厅沙发上。他慌忙起身给叔打招呼上烟，给婶打招呼端茶，叔婶看后对他的表现非常满意。

牛花等帅哥老师给舅妈端完茶，她慌忙起身走到福雨身边交给他车钥匙。福雨立马对她说："小花，我现在不急用车，你趁休班要是走亲串友忙的话，你再用几天车吧！"她听后紧接着说："小舅，我今后要是忙的话，我开帅哥老师的车去办事。"福雨听后便接过车钥匙装进裤兜。

帅哥老师看了看手表，时间已经十八点了，他邀请牛花和福雨一家三口去县城的格林豪泰大酒店就餐。牛花和福雨一家三口都非常高兴地答应了。

牛粪正月初四傍晚开车去县城锦绣花园看帅哥老师找人给他们家装修房装修的效果如何。他走进自家新房一看，所有瓷砖都张贴得横平竖直，卧室门、厨房门、晾台门都安装成白色，卫生间门安装成紫色，客厅沙发为灰色，窗帘为蓝色，天花板吊成了青色。他看后紧接着给牛花打电话，他想让牛花也过来看看。

牛花坐在帅哥老师的车上正用手机看着抖音视频时，她的手机铃声一下子响起来，她慌忙关上抖音视频接电话。电话那头问："小花，我现在正坐在锦绣花园家里面的沙发上看装修得不错，你还来不来看一下？"她回答说："爸，我现在正坐在帅哥老师的车上，准备和他一块去格林豪泰大酒店就餐，你要不也开车过去和我们一块就餐。"牛粪听后紧接着说："小花，我现在得开车回王湾村帮你妈剥花生种，我就不过去和你们一块吃晚饭啦！"她听后叮嘱牛粪在路上开车要注意安全，牛粪听后说了句"谢谢闺女关心"便挂上电话。

福雨在县城的格林豪泰大酒店就餐时问帅哥老师："小韦，你家宝徕花苑那套房装修得怎么样了？"帅哥老师笑着回答说："大叔，我家宝徕花苑那套房快装修完了，过些时日买家具家电放在里面就能居住了。"福雨听后紧接着说："小韦，俺仁兄弟家在县城专卖家具家电，要不以后你和牛花去他家挑选吧！"帅哥老师听后慌忙说："大叔，我等以后和牛花一块去你仁兄弟家挑选家具家电时，我打电话邀你和我们俩一块过去。"福雨听帅哥老师那么一说便非常高兴地答应了。

帅哥老师请牛花和福雨一家三口吃完晚饭便又盛情邀请他们去KTV唱歌。牛花和福雨一家三口听后便非常爽快地答应了。

福宝在KTV唱歌唱得非常尽兴，他坐在沙发上独唱了《小苹果》《走天涯》《缘分》《天使的翅膀》《我们都是好孩子》《大中国》；福雨小两口在KTV唱歌唱得非常开心，他俩坐在沙发上你一句我一句地唱了《红尘情歌》《这条街》《康定情歌》《同桌的你》《军中绿花》《爱情这杯酒谁喝都得醉》；牛花和帅哥老师两个人在KTV唱歌唱得非常愉快，他俩坐在连椅上各自唱了《光阴的故事》《成都》《童年》《等你等了那么久》《最浪漫的事》《梦中想着你》。他们五个人最后站在沙发前共同合唱一曲《明天会更好》便离开KTV去福雨家休息。

帅哥老师正月初五一早在福雨家吃完早饭便开车拉着牛花和福宝去石头部落旅游。他在石头部落的入口处看到石磨非常好奇，他替一位白发苍苍的老大爷推了十圈石磨。牛花问他有何感受？他回答说超级过瘾。

牛花在石头部落里面的一间瓦房里看皮影戏看得非常着迷。帅哥老师和福宝两个人出门游玩了好大一会儿才走进去把她叫走。

帅哥老师在石头部落里面的饭馆邀请牛花和福宝吃完午饭。开车离开时，他坐在车上笑着问："小弟，小妹，你们俩今天上午跟着我来石头部落旅游有何感受？"福宝首先回答说："帅哥老师，这是我平生第一次来石头部落旅游。我感受到了清朝的乡村气息宛如碧波荡漾的湖水，不禁让我心潮澎湃。"牛花随后回答说："公子哥，我长这么大也是第一次来石头部落旅游，我觉得石头部落散发着浓厚的文化气息，以后有空得常来旅游。"他听福宝和牛花说完紧接着说："小弟，小妹，你们两个人说得都特别好。我以后有空再开车拉你们俩过来旅游。"福宝和牛花听后异口同声地说："好的，帅哥老师。"……

牛花正月初六在王湾村家里给爸妈洗了半天衣服，她下午跟着爸妈去田里修剪花椒树，她看花椒树长势良好，她对爸妈说今年的花椒树又能结出不少财富。

帅哥老师正月初六一早从家开车去宏图教育培训机构找王老师辅导他初中语文说课。他在王老师的精心辅导下，他的初中语文说课水平有了大幅度提高。他正月十四下午高高兴兴地从宏图教育培训机构开车回家了，他希望今年能够考上梦寐以求的教师编，好为韦家增光添彩。

牛花正月初七开始上班了，她见到闺蜜和同事便非常亲切地问候他们，闺蜜和同事听后也对她嘘寒问暖。

福雨正月十五下午开车拉着老婆孩子回王湾村陪鸡大婶过元宵节。

鸡大婶正月十五下午拿塑料袋去菜园拔完菠菜刚走进堂屋，忽然有人敲院门，她打开院门一看黑嫂给她家送来一包萝卜干。她慌忙请黑嫂去堂屋坐会儿，黑嫂立马把那包萝卜干交到她手上说："弟妹，我现在得回家给俺儿做晚饭去，他好早回县城休息，明天好有精神上班。你现在进家忙家务活吧！我以后有空再来你家串门。"她听后叮嘱黑嫂回到家做晚饭可别累着，今晚要早点休息。黑嫂听后说了句"谢谢弟妹善意提醒"便离开了。

牛粪正月十五下午开车拉着福云和牛花去古城看花灯。牛花在古城里面的每一个生肖花灯前给爸妈拍下一张照片留作纪念。福云在古城的名胜古迹前给老公闺女录了好几段朗诵视频留作纪念。他们一家三口在古城里面畅游得非常开心。

福雨一家三口下车走进了鸡大婶家。鸡大婶坐在堂屋方凳上择完芹菜出门时，福雨一家三口刚好走到堂屋门口。鸡大婶慌忙请福雨一家三口进堂屋喝茶，福雨一家三口听后各说谢谢娘，谢谢妈，谢谢奶奶。

帅哥老师正月十五一早起床便拿起手机给牛花发一条微信："帅哥恭祝老婆及家人元宵节快乐。"牛花正月十五在古城里面的一家饭馆吃完晚饭便给帅哥老师回复一条微信："小妹此时恭祝老公及家人元宵节愉快。"

福宝正月十五晚上和爸妈、奶奶共进晚餐庆祝元宵节时，他首先给奶奶端了一杯饮料并祝愿她今后的生活越来越舒心，他随后给爸妈各端了一杯啤酒并祝愿他俩今后的生意越来越红火。爸妈、奶奶听后也祝愿他今后的学习成绩越来越出色。他们一家人在欢声笑语中吃完晚饭守在电视机前观看元宵节晚会……

帅哥老师正月十五晚上陪爸妈一块吃晚饭共度元宵节时，爸首先开口说："小韦，你五·四结婚前要多请牛花吃饭，周六周末要多陪她逛街买衣服，咱到时候好顺利迎娶她。"妈听后紧接着说："儿子，你爸当初就是那么娶到我的，你可得那样做，不然的话，牛花心里不热乎。"他听爸妈说完立马说："爸，妈，我自从认识牛花的那天起便一直对她特别好，你们俩敬请放心，我和她一定能够顺利走进婚姻的殿堂。"爸听后慌忙说："小韦，老爸我现在相信你一定能够说到做到。你明天回翔宇翼云中学既得工作好，还需学好教师编资料，咱争取今

年能够一举拿下教师编，好让牛花一家人对你刮目相看。"妈随后说：
"儿子，你爸说得很有道理，你只要有了稳定工作，才能在对象那家
人心目中有位置，否则的话，你会一辈子抬不起头来。"他听后向爸妈
发誓今年一定拿下教师编……

　　福宝在七年级下学期的学习状态异常出色。他在第一次月考考试
中发挥得非常完美，他的各科成绩都名列前茅。班主任老师特意在周
一下午的班会课上请他上台给班级同学传授学习方法。他起身走上班
级讲台面对班级同学不慌不忙地讲道："亲爱的伙伴们，我之所以能在
这次月考中取得耀眼的成绩，一离不开各科老师的合理授课，二离不
开班级同学的鼓励助威，三离不开我自己的努力学习。我今后还需要
老师、同学给予更多帮助，我才能在后面的考试中交出最好的答卷。"
班主任老师和班级同学听后都给他报以热烈掌声。

　　翔宇翼云中学校长周三晚上在多媒体教室召开全体教师大会。他
在全体教师大会中点名表扬了一部分骨干教师的业绩突出，点名鼓励
了一部分青年教师的授课进步，点名批评了一部分老教师和年轻教师
在办公期间闲聊家事。

　　帅哥老师周四下午一下班就去了校长室。校长问他："小韦，你来
我办公室有什么要紧事？"他笑着回答说："校长，我这周周末得去县
城实验二小面试说课，敬请准假。"校长听后给他签了一张假条紧接着
说："小韦，祝你好运。"他听后慌忙说："谢谢校长恭送寄语。"

　　牛花刚在县城财政局参加工作没多久便报考了初中语文教师资格
证，她经过一番努力便拿到了初中语文教师资格证。她前段时间也报
考了县城教师编考试。她两周前在帅哥老师的电脑上查询笔试成绩
时，她万万没想到自个儿会进入县城教师编面试，她对帅哥老师说放
弃县城教师编面试，帅哥老师听后建议她感受一下县城教师编面试的
氛围，她听后只好答应了。

帅哥老师周四晚上先请牛花去县城的外婆米饭屋吃了一顿丰盛的晚餐，他随后请牛花去翔宇翼云中学多媒体教室听他说课。牛花坐在多媒体教室正中间座位上看他站在讲台上说《邹忌讽齐王纳谏》和《狱中书简》那两篇课文说得恰到好处，牛花听后鼓掌欢迎。

帅哥老师待牛花给他鼓完掌便走到牛花跟前请她上讲台也说两篇课文，牛花立马走上讲台不慌不忙地说了《白杨礼赞》和《醉翁亭记》。他坐在讲台下面的座位上听牛花说完那两篇课文便起身给她竖起了大拇指……

帅哥老师的爷爷在五·一前一周又生病住院了，家里人生怕耽误帅哥老师准备教师编面试便没有告诉他。

福宝五·一在奶奶家吃完早饭便跟着她去自家田里摘绿豆。他躬腰摘了两个多钟头绿豆累得气喘吁吁。他慌忙喊奶奶去田边坐会儿歇息一下，奶奶听后便和他一块去田边坐下歇息了。

福宝坐在田边歇息时问："奶奶，你每年都种很多绿豆，绿豆能给你带来多少财富？"奶奶回答说："小宝，绿豆只能让我满足胃口，零花钱和看病钱还得指望儿女们给我。我希望你以后通过不懈地努力能够事业有成，好给福家争脸面。"福宝听后紧接着说："奶奶，我今后一定不会辜负你对我的期望。"奶奶听后摸着福宝的小脑袋瓜笑着说："我相信俺孙子的实力。"福宝听奶奶那么一说便唱了一首《我的未来不是梦》给她听，奶奶听后拍手叫好……

帅哥老师五·一上午开车拉着牛花去邻村喝仁兄弟喜酒。四哥四嫂两个人给他俩敬酒时，帅哥老师恭祝四哥四嫂今后的生活会红红火火，今后的事业会蒸蒸日上；牛花恭祝四哥四嫂两个人今后的生活会和和美美，今后的事业会步步登高。四哥四嫂两个人听后都乐得露出来两个酒窝。

帅哥老师五·一傍晚开车拉着牛花和福雨一块去买家具家电。福

雨的仁兄弟看在他的面子上给帅哥老师和牛花两个人看中的家具家电打了七折。帅哥老师和牛花两个人在第二天中午特意请福雨和他仁兄弟去县城的格林豪泰大酒店吃了一顿丰盛的午餐。

福云五·一晚上拎两把松香和一个西瓜，装两盒香烟和一个火机去沧爷庙上供磕头，她祈求沧老爷保佑帅哥老师和牛花两个人婚后能和睦相处、事业顺心。

鸡大婶五·一晚上在自家香炉送了一炷香，她祈求仙师爷保佑帅哥老师过几天能够顺利拿下教师编，好给福云家增光添彩。

帅哥老师的爷爷五·四一早从县城医院出院回家喝孙子喜酒。小儿当着他的面把他最近三年的退休钱都交到了孙媳妇手上。孙媳妇接过爷爷的心意说——谢谢爷爷。

帅哥老师和牛花两个人在喜庆祥和的氛围中完美结婚，他俩日后将开启全新的生活。

福宝喝完帅哥老师的喜酒便开始全身心的备战第二次月考，他希望这次的月考成绩比上次再提高一点儿。

帅哥老师婚后第二天上午开车拉牛花去北京旅游。他俩在北京游览了故宫博物院、万里长城、颐和园等名胜古迹；他俩在北京品尝了烤鸭、炸酱面、奶油炸糕等特色小吃；他俩在北京学习了唱京剧、吹糖人、说相声等民俗文化。

福宝周五下午放学一回到家就去卧室做家庭作业。他做了两个小时家庭作业便从写字台抽屉里拿出华为手机开机玩了半个小时游戏。他随后浏览手机微信看牛花给他发了许多张在北京旅游照的照片万分羡慕，他暗暗发誓以后事业有成也带对象去北京旅游。

鸡大婶周六一早吃完早饭便拎一大包茄子给闺女家送去。她走到村口恰巧遇见牛粪，牛粪慌忙问："大婶，你拎东西干吗去？"她回答说："小牛，我这不正想给你家送茄子去。"牛粪听后立马接过她手中拎的茄子和她一块往自家走去。

鸡大婶跟着牛粪走到他家院门口看院门紧锁着,她慌忙问:"小牛,福云今天怎么没在家?"牛粪打开院门回答说:"大婶,福云大前天一早坐公交车去小韦老家帮忙摘樱桃去了。我今天下午开车去小韦老家接她。"她听后走进院门紧接着说:"大侄子,你以后可得交代牛花和小韦结完婚不能变懒了,平时有空要常回老家帮父母做家务、干农活。"牛粪听后打开堂屋门请她进屋落座,继而放下手中拎得茄子给她倒一杯热茶说:"大婶,我今后见牛花和小韦一定好好交代他俩要在生活中勤快点,你请放心。"她听后抿了一口热茶从沙发起身说:"大侄子,我现在得回家去晒绿豆,你要有事赶紧忙吧!"牛粪听后慌忙从方凳起身打开冰箱拿出一包粽子让她拎回家品尝,她高高兴兴地拎着那包粽子回家了。

帅哥老师开车拉着牛花在北京旅游了两周便返程回县城宝徕花苑新家。牛花回到县城宝徕花苑新家休息两天便去县城财政局上班,帅哥老师回到县城宝徕花苑新家休息一天便去翔宇翼云中学上班。

福宝第二次月考考了级部第一名,帅哥老师和牛花小两口特意在六·一晚上邀请他去家常菜馆吃晚饭。他在家常菜馆吃晚饭时诚挚感谢帅哥老师和牛花小两口最近一年给予的关怀。他随后恭祝帅哥老师和牛花小两口过些时日去县城公立学校任教……

五

福金有一天早晨在县城煤矿宿舍起床去门口洗刷时忽然晕倒在地,雪人慌忙扶他起来便背着他去附近医院就医。

福云自从和牛粪结完婚便待在王湾村种田喂鸡,她偶尔去蔬菜大

棚做工。

李医生看福金的脸色发黄，他要求福金住院打几天吊瓶再回县城煤矿做工，福金听后只好答应了。

雪人当天下午骑自行车回王湾村告诉鸡大婶福金叔生病住在县城医院了，今晚需要家人照顾。鸡大婶听后劳驾他骑自行车带她去县城医院看望福金，他听后爽快答应了。

福云有一天清早起床对牛粪说最近几天肚子疼得比较厉害，牛粪听后立马去学校请假，继而租了一辆机动三轮车带她去县城妇保院做B超看肚里的孩子长得怎么样了。

鸡大婶跟着雪人走进福金住的病房看他正坐在病床上看报纸。她故意咳嗽了一声，福金抬头一看雪人和老伴过来了便请他俩坐在床前连椅上歇息一下。

福雨有一天傍晚从县城百货大楼下班开小轿车回王湾村下车看自家院门紧锁着，他紧接着步行去了奶奶家。他走进奶奶家堂屋看她正坐在沙发上缝制衣服，他慌忙给奶奶打招呼并从裤兜掏出十块钱送给她，奶奶接过孙子的孝心请他落座。他坐在沙发上问："奶奶，我刚才看俺家院门紧锁着，你今天见俺妈了吗？"奶奶回答说："小雨，我今天上午去村大队交电费听村支书说你妈昨天下午坐雪人的自行车去县城医院伺候你爸了。你要不今晚在我家吃饭睡觉吧！"他听后紧接着说："奶奶，我过会儿去俺姐家睡觉，你现在赶紧做晚饭吧！"奶奶听后慌忙放下手中活计起身去锅屋择芹菜。他随后起身去锅屋帮奶奶烧火。

雪人坐在床前连椅上问："大叔，你现在还晕不？"福金回答说："大侄子，我刚才打完针觉得比今早强多了，今天多亏你及时背我来医院，不然的话，小命没了。"雪人听后慌忙说："大叔，老乡帮你实属应该，我这不把鸡大婶带过来专门照顾你。"福金听后紧接着说："大侄子，你辛苦了。我以后回家交代邻居黑嫂好好对待你这个好女婿。"雪人听后忽然起身说："大叔，我好久没和白鸽一块去岳母家看她了，我现在得回县城煤矿宿舍收拾一下东西，明天下班好骑自行车回家和白鸽一块看岳母。"福金听后让鸡大婶送送雪人，鸡大婶立马起身送雪人离开县城医院。

福雨在奶奶家吃完晚饭便步行去大姐家睡觉。他走到半路上恰巧遇见村支书，村支书慌忙问："小雨，你今晚怎么没去县城医院照顾你爸？"他立马回答说："大伯，我今晚下班回家看俺妈没在家紧接着去奶奶家吃晚饭才得知俺爸生病住院了，我抽空去县城医院看看他。"村支书听后紧接着说："小雨，你爸最近几年一直盼你赶紧结婚，你在县城百货大楼干了六七年了，你要有看中的女孩赶紧领回家好结婚，好了了你爸心事。"他听后随即说："大伯，我现在和一位卖票女孩正谈着恋爱，等俺爸康复出院回家，我带卖票女孩见他，到时候我请你去俺家择婚日。"村支书听后笑着说："小雨，大伯十分期待那一天。"……

福云在县城妇保院做完 B 超便住院待产，牛粪专门请一位月嫂照顾她。

鸡大婶在县城医院照顾福金的第一晚坐在他身边没有睡觉，她看福金的脸色发黄的厉害，她心里隐隐觉得福金的病情实在严重。

福雨走进大姐家堂屋看牛粪正坐在沙发上忙着数钱，他慌忙问："大哥，你数钱干吗去？"牛粪抬头一看福雨过来便回答说："小弟，我昨天早晨带你姐去县城妇保院做了一个 B 超，医生建议她住几天院生完宝宝再回家。我听后便让她在县城妇保院住院了，我专门请了一位月嫂照顾她，我明早得坐公交车去县城妇保院给你姐送钱。"他听后紧接着说："大哥，你想得真周到！"

村支书有一天一早起床吃完早饭便去家前站牌坐公共汽车去县城

医院看望福金。他下公共汽车走到县城医院门口恰巧遇见鸡大婶，鸡大婶慌忙问："大哥，你今天来县城医院有什么事？"他回答说："弟妹，我这不特意过来看看福金。"鸡大婶听后紧接着问："大哥，你怎么知道福金住这所医院？"他笑着回答说："弟妹，我掐指算出福金住这所医院，你现在赶紧带我去看他吧！"鸡大婶听后便带他去看福金。

牛粪把数好的钱放进衣兜起身给福雨倒了一杯热茶，福雨坐在沙发上慌忙说："谢谢大哥"

牛粪给福雨倒完一杯热茶便坐在沙发上问："小弟，你和卖票女孩谈得怎么样了？"福雨抿了一口热茶回答说："大哥，我和那位女孩谈成了，等俺爸过些时日出院回家，我领她去俺家见他。"堂屋门外忽然有人紧接着说："福雨这小子可真行！"福雨听后慌忙起身走出堂屋一看牛生大伯过来便请他进屋落座。

村支书跟着鸡大婶走进福金住的病房看他正坐在床上看报纸。他故意咳嗽了一声，福金抬头一看村支书过来了便请他坐在床前连椅上，鸡大婶慌忙给他倒了一杯温水放在他身前。他喝完两口温水问："福金小弟，你现在恢复得怎么样了？"福金笑着回答说："大哥，我现在头不晕了，赶明儿就出院。"他听后紧接着说："小弟，你还是待在医院再休养几天为好，咱等好利索了再去县城煤矿做工也不迟。"福金听后立马说："大哥，我听你的。"他听后忽然起身从裤兜掏出二十块钱送给福金。福金让他赶紧收起来，他硬是把那二十块钱塞进福金衣兜便离开县城医院。

牛粪起身给牛生倒完一杯热茶，继而坐在方凳上问："爸，你今晚咋过来这么晚？"牛生坐在沙发上慌忙回答说："儿子，我今天下午从家骑自行车去县城医院看完你福金叔往家正赶路时，自行车前后胎忽然都爆了，我只好推自行车回了家。我刚吃完晚饭过来想给你们家送点生活费。"牛粪听后紧接着说："爸，我家现在不需要你赞助，你把每个月余下的钱攒好留着以后好给你孙子在县城买楼。"牛生听后抿了两口热茶笑着说:"那好吧!"……

福雨五·四下午从县城百货大楼下班刚走到大门口,卖票女孩忽然站在不远处喊:"帅哥,我等你好大一会儿了。"他听后慌忙走到卖票女孩身边问:"美妹,你今天咋过来了?"卖票女孩笑着回答说:"帅哥,我今天下班早,所以我过来想请你去拉面馆吃一顿丰盛的晚餐。"他听后用右手轻轻拍了两下额头说:"美妹,俺爸前几天生病住院了,我现在想去医院看看他,咱要不过几天再一块吃晚饭吧!"卖票女孩听后立马绷紧脸问:"帅哥,我现在能否和你一块去医院里面看看大叔?"他听后紧接着回答说:"美妹,你现在随我一块去医院里面看俺爸吧!"

福云五·四一早在县城妇保院顺利产下一对龙凤胎,牛粪得知以后便在五·四下午租了一辆机动三轮车去县城妇保院看望她。

牛粪一下机动三轮车就往县城妇保院跑去,他迫不及待地想看看福云给牛家生的龙凤胎宝宝长啥样。

福雨带卖票女孩走进爸住的病房看他正在熟睡,妈不知去了哪里。他紧接着带卖票女孩走出爸住的病房去一家商店买东西。卖票女孩等他拿完一箱牛奶、一把香蕉便慌忙给店主付了款。他拎着牛奶和香蕉高高兴兴地和卖票女孩一块走出那家商店。

牛粪下机动三轮车走到县城妇保院大门口,看到福云坐在地上呜呜哭个不停。他慌忙蹲下身子问:"小妹,你这是怎么了?"福云哭着回答说:"牛哥,咱儿刚才没气了。"他听后惊了一下紧接着说:"小妹,咱儿虽然没了,但上天还给咱俩留下一个宝贝女儿,咱得振作起来好好养育她。"福云听后慌忙起身往县城妇保院大门里面跑去,他随后起身去追福云。

牛生五·四下午在自家菜园里面摘一个大西瓜抱着走到牛粪家院

门口，看他家院门紧锁着，他随后把那个大西瓜送给了黑嫂。他从黑嫂家出来往自家正走着路时，村支书忽然在他身后大声喊道——牛生弟，请留步。他听后立马停住脚步。村支书跑到他跟前气喘吁吁地说："牛生弟，我今天中午午休时听人说你儿家添了一对龙凤胎宝宝。"他听后紧接着说："大哥，我赶明儿抽空去县城妇保院看看福云和孩子。"村支书听后便从裤兜掏出十块钱交到他手上，让他以后转交给福云，他十分爽快地答应了。

福雨拎着牛奶，香蕉和卖票女孩一块走进爸住的病房看他正坐在床前连椅上听收音机，他俩慌忙走到福金跟前蹲下来询问他的病情怎么样了。福金一看儿子带女朋友过来看他便立马对他俩说自个儿的病情一天比一天轻。卖票女孩听后叮嘱大叔待在医院安心养病，等病好出院好给儿子操持婚事。福金听后立马对卖票女孩说谢谢儿媳妇关心，我等病好出院一定尽快给你俩操办婚事。他俩听后都露出灿烂的笑容。

福云跑到自个儿住的房间看月嫂正抱着闺女看窗外，她随后从月嫂手上接过闺女喂她奶吃。

牛粪跑到福云住的房间门口停住脚步，他紧接着去一家商店给福云和月嫂两个人各买一包开心果，他随后走进福云住的房间把那两包开心果送给她俩，她俩都非常高兴地接过开心果取开袋口品尝。他看她俩咀嚼得津津有味，他心里宛如浇灌一桶蜂蜜。

福雨和卖票女孩两个人高高兴兴地离开福金住的病房走到楼下恰巧遇见鸡大婶，鸡大婶慌忙问："儿子，丫头，你们两个人看完福金干吗去？"卖票女孩紧接着回答说："大婶，我和福雨打算去医院外面的饺子馆吃晚饭，你要不和我们俩一块去就餐吧！"鸡大婶听后立马说："丫头，我过会儿得去医院食堂给你大叔打饭菜，等我以后有空，我专陪你们俩吃饭。"卖票女孩听后笑着说："大婶，你现在照顾好大叔，我和福雨两个人就放心了，等大叔康复出院，我和福雨两个人专门请你和大叔一块用餐。"鸡大婶听后非常高兴地答应了。

福金五·四晚上坐在病床上打吊瓶时问老伴："鸡大婶，我今儿觉得头一点儿也不晕了，我明天能否出院回家？"鸡大婶慌忙回答说："福金，你还得再住几天院打吊瓶疗养。"福金听后紧接着说："鸡大婶，我这么多天住院辛苦你了。等我出院回家，我给你做一桌可口的饭菜犒劳你。"鸡大婶听后笑着说："福金，咱两口子风雨同舟这么多年，我在医院照顾你是应该的。"福金听后也笑着说："鸡大婶，感谢有你。"……

牛生五·九一早起床便从衣箱里面拿出一沓钱，继而骑自行车去县城妇保院看望福云和宝宝。他骑自行车骑到县城妇保院门口停下来恰巧遇见牛粪，牛粪慌忙接过他骑的自行车推进县城妇保院院门停在一棵槐树下带他去看福云和宝宝。

福金五·九一早在县城医院吃完早饭出院往王湾村走去。他走到村口恰巧遇见娘，娘慌忙问他："小福，你什么时候从县城医院回村了？你的头还晕不？"他笑着回答说："娘，我刚从县城医院走到这儿，俺的头现在不晕了。"娘听后紧接着说："小福，以后做活注意身体，我等不能动弹，全指望你养我老了。"他听后立马说："娘，我今后做活一定会注意好身体，你老人家敬请放心，儿子一定会为你养老送终。"娘听他那么一说便笑眯眯地往自家走去。

牛生跟着牛粪见到福云看她怀抱一个孩子，他忍不住问："小云，我前几天在村子里面听书记说你给牛家添了一对龙凤胎，你现在怎么抱一个孩子？"福云慌忙回答说："爸，咱村支书算卦再灵也有不准的时候。我第一回没能给你们牛家生一个男孩倍感失望，你请谅解。"他听后竟然气地跑了出去，福云慌忙让牛粪去追他，生怕他想不开出大事。

福金走进自家院门看昨天下午回家的鸡大婶正蹲在院中翻晒去年的麦子。他走到鸡大婶身边问："老伴儿，咱家今年的麦子长势如何？"鸡大婶抬头笑着回答说："当家的，咱家今年种得那三亩地麦子又能有一个大丰收，够咱家办十来桌喜宴。"他听后紧接着说："那真是太好了！等福雨带他对象过来，我请村支书来给他择婚日。"谁知他的话音刚一落地，他家院门外面忽然有车鸣笛两声。他跑到院门口一看，福雨竟然开车拉他对象过来做客了。他慌忙请他俩进堂屋落座，鸡大婶慌忙起身走进堂屋给他们仨倒热茶。

牛粪跑到一棵秋树下面一把拽住牛生，他让牛生消消气，牛生却大声嚷嚷道："小牛，你看中的老婆真不会生孩子，你们俩赶明儿快把女孩送人，等来年再要男孩吧！"他听后立马说："爸，我看福云为咱牛家添的女孩挺有气质，送人实在可惜。福云以后肯定会给咱牛家添男孩，你放心好了。"牛生听后一下挣开继续往前跑去，他没有再去追牛生，他掉头往县城妇保院走去。

卖票女孩坐在沙发上抿了一口热茶问福金："大叔，你康复出院回来几天了？"福金坐在方凳上笑着回答说："丫头，我这不刚从医院回来，我正想请你来俺家做客，可巧你今天跟福雨的小轿车过来了。"卖票女孩听后紧接着说："大叔，我今天休班跟福雨来王湾村本想围着村子走一走，看一看。我们俩全然不知你和大婶从医院回家了，所以我们俩没有往家买点东西，敬请谅解。"鸡大婶坐在圆凳上慌忙说："丫头，我们现在是一家人，咱家不缺吃的东西。"福雨坐在卖票女孩身旁紧接着说："美妹，俺妈说得没错，你今后天天来，我天天给你做美味饭菜。"卖票女孩听他娘俩说完笑着说："大婶、帅哥既然坦诚相待，那我以后嫁过来就没有后顾之忧了。"福金听后忽然起身说："丫头，我现在得去村大队喊村支书过来给你和俺儿两个人择婚日，你和他娘俩继续话家常吧！"卖票女孩听后便干脆利落地说了一声："那好吧！"……

牛粪走到县城妇保院门口看福云正抱着孩子坐在石凳上等他，他慌忙对福云说："小妹，咱爸消气回王湾村了，你现在可别跟他一般见识。"福云听后紧接着说："牛哥，你只要以后不闲弃俺娘俩，我就不跟咱爸他老人家怄气。"他听后笑着说："小妹，等咱闺女满月回家，我一定会竭尽全力照顾好你们娘俩，你请放心。"福云听后高兴起身和他一块走进县城妇保院吃午饭。

牛生跑到王湾村村口恰巧遇见福金和村支书，他慌忙停住脚步给他俩问好。福金听后笑着说："牛哥，福雨今天上午带他对象来王湾村了，你和我们哥俩一块去俺家吃午饭吧！"他听后紧接着说："小弟，我现在趁天晴得回家晒玉米，我就不去你家吃午饭了，你们哥俩现在赶紧陪客人吃午饭吧！"福金听后便和村支书一块往自家走去。

牛生打开院门进家晒完陈年玉米便拎着竹篮去自家的果园地摘油桃。他走到一棵油桃树底下抬头看油桃结得煞是喜人，他慌忙放下竹篮爬上油桃树采摘很多油桃扔到竹篮附近，他随后从油桃树上下来把采摘的油桃拾进竹篮。

村支书在福金家吃完丰盛的午餐便给福雨择了婚日。他说福雨和卖票女孩两个人在六月十六那天结婚最为合适。福金一家三口和卖票女孩听后接二连三地向他致谢。

牛生高高兴兴地拎着一竹篮油桃往家正走着路时，他身后一辆机动三轮车因醉酒驾驶一下子把他撞倒了，他手拎得那一竹篮油桃全都滚落到路边田地里。机动三轮车车主惊了一下慌忙停车下来看他伤得怎么样。他对机动三轮车车主说两条腿和左胳膊特别疼，机动三轮车车主慌忙把他抱进车厢，继而开车拉他去县城医院做检查。

牛粪在县城妇保院吃完午饭便骑牛生的自行车回王湾村交给他。他骑自行车骑到牛生家院门口停下来看院门紧锁着，他紧接着推自行

车往自家走去。

村支书给福雨择完婚日从福金家出门走到自家院门口恰巧遇见牛粪。他慌忙问:"大侄子,你现在推自行车干吗去?"牛粪停步回答说:"大伯,我刚才去俺爸家看他没在家,我现在推自行车回家。"村支书听后说:"大侄子,我听说你爸现在被一辆机动三轮车拉去县城医院看伤了,你要不现在骑自行车带我去县城医院看看他。"牛粪听后惊了一下,便慌忙问:"大伯,俺爸中午从县城妇保院跑回来好好的,他现在怎么有伤?"他立马回答说:"大侄子,好像你爸刚才拎着竹篮去果园摘完油桃往家正走着路时,他身后的机动三轮车司机因喝酒驾驶,没掌握好方向,所以把他撞伤了。"牛粪听后随即骑自行车带他去县城医院看牛生。

福雨送走村支书以后开小轿车拉卖票女孩围着王湾村村里村外各转一圈。卖票女孩看王湾村有许多人家都盖上了平房,家家户户门口都有石磨,大人小孩没有一个人穿带补丁衣服,田里菜园种得粮食作物和蔬菜作物长势喜人。卖票女孩看后情不自禁地夸王湾村真是一块风水宝地!

牛粪因骑自行车的速度过快,他骑到一个下坡没杀稳车闸一下子撞到路边一棵杨树上,自行车前轮一下子掉了,他和村支书两个人吓出一身冷汗。村支书让他把自行车扔在那棵杨树旁的深沟里步行往县城医院赶路,他听后立马把自行车扔进深沟里便和村支书一块走着去了县城医院。

福雨吃完晚饭开小轿车拉着卖票女孩去县城影院看电影。当他把小轿车开到半路时,小轿车忽然出故障停下了。他和卖票女孩商量不去县城影院看电影了,他和卖票女孩一块走下小轿车去附近树林里面散步谈心。

福金吃完晚饭拎一箱牛奶去牛生家串门。他走到牛生家院门口看他家的院门紧锁着，他紧接着去了牛粪家。他走到牛粪家院门口看他家的院门紧锁着，他继而去了村支书家。他走到村支书家院门口看他家的院门也紧锁着，他垂头丧气地拎着那箱牛奶回家了。

机动三轮车车主开车开到县城医院门口慌忙停下来。他紧接着下车把牛生从车厢里面抱下来，继而背他去县城医院里面拍片子。片子结果一出来，医生对他说大哥两腿和左胳膊上有多处地方骨折，需要尽快做手术，不然的话，只能瘫痪在床了。他听后慌忙去前台交钱让医生尽快给牛生做手术，医生听后便干脆利落地答应了。

鸡大婶吃完晚饭坐在堂屋沙发上缝制完桌布正想起身去门外洗刷，福金忽然拎着牛奶走进堂屋放下对她说："鸡大婶，我刚才拎牛奶去牛生、牛粪、村支书家看他们三家都紧锁着院门，这可真是奇了怪了。"她听后紧接着说："福金，他们三家可能外出有事，你赶明儿有空再去串门吧！"福金听后便去门外洗刷，她随后才起身去门外洗刷。

牛粪跟着村支书走进县城医院见到牛生时，他看牛生正躺在一张病床上熟睡，他忽然号啕大哭起来。

牛生一下子被哭声惊醒了，村支书和牛粪两个人慌忙向他问好。他咳嗽两声对他俩说："大哥，牛粪，我今天下午摘完油桃往家正走路时真是太倒霉！我万万没想到身后一辆机动三轮车竟然把我撞伤了。所幸机动三轮车司机拉我来医院拍片子、做手术并赔给我一些钱财。你们俩不用担心，护士把我照顾得非常到位。牛粪过会儿得拿我身前钥匙回王湾村帮我看家。我过些时日在医院取掉身上钢筋就能回家正常生活。"牛粪听后紧接着说："爸，我听你的，你现在安心养伤吧！"村支书随后说："大侄子，你赶明儿要是在王湾村遇见熟人可别向他们透露你爸受伤住院了，他现在需要静养一段时间。我今晚陪你爸住一宿，你过会儿往家走要特别注意交通安全。"牛粪听后慌忙说："谢谢大伯悉心叮嘱。"

福金躺在床上翻来覆去睡不着觉，他起身穿好衣服拿着手电筒去院门外面散步，他走到村口恰巧遇见雪人。雪人慌忙问："大叔，你的身体恢复得怎么样了？"他笑着回答说："大侄子，我的身体休养好了，下周我就去县城煤矿做工。"雪人听后紧接着说："大叔，我们宿舍人最近几天经常念叨你。你下周可算能回去和我们宿舍人谈笑风生了。"他听后慌忙说："大侄子，我最近几天也很想念舍友，咱们宿舍人下周五晚上做完活一块去县城煤矿附近的酒店喝两盅。"雪人听后非常爽快地答应了……

福雨和卖票女孩两个人牵手走在树林里面正谈得热火朝天时，有一只鹦鹉忽然飞到福雨头顶上大叫起来。卖票女孩吓得慌忙拽福雨往回走，那只鹦鹉随后飞离福雨头顶。

牛粪陪牛生又唠了会儿嗑儿便拿着他家钥匙往他家走去。他走到半路上累得气喘吁吁，两只眼睛十分困倦，他走到一棵杨树下便躺下身子睡着了。

福雨一下子踩在一块石头上滑倒了，卖票女孩慌忙扶他坐在地上缓一口气。他坐下对卖票女孩说鹦鹉刚才在他头顶说姐姐他对象当下正躺在小轿车前面的杨树下睡觉。卖票女孩听后让他过会儿带她去那棵杨树下看看姐姐他对象在没在那儿，他毫不犹豫地答应了。

福金半夜做梦梦见牛生在路上摔了一跤住院了，牛粪和村支书两个人轮流守在牛生身旁陪他唠嗑儿。他忽然在梦中说："牛生哥咋那么倒霉！你可别熬不过今年，我赶明儿得去县城医院看望你……"鸡大婶睡在一旁听他做梦乱说话便把他叫醒了。他一睁开双眼就问鸡大婶："你这个老婆子咋在我睡得正香时打扰我睡觉？"鸡大婶慌忙回答说："你今后要是和我一块睡觉时再说一些不着调的梦话，我就把你赶出这屋。"他听后立马说："老婆子，我又错了，敬请谅解。"鸡大婶听后让他继续睡觉。他闭眼却怎么也睡不着觉了，他过了一会儿起床穿好衣服去堂屋看电视。

卖票女孩走到小轿车旁边忽然踩到一个硬邦邦的东西，她吓得大叫起来。福雨慌忙打开小轿车后备厢拿出手电筒照了一下，一条蟒蛇正向路边麦地爬去。她看后便浑身发抖，福雨立马扶她坐在小轿车座位上缓口气。

福云在县城妇保院吃完晚饭便躺在床上哄宝宝睡觉，宝宝却呜呜哭个不停，她只好起身抱着宝宝在床前来回踱步。忽然有人敲房间门，她打开房间门一看，白鸽大嫂拎一包苹果过来唠嗑儿了，她慌忙请白鸽大嫂进来坐在床前凳子上。白鸽大嫂请求她把宝宝交给她抱一抱，她立马把宝宝交给了白鸽大嫂。宝宝一看换了一个人抱她便笑起来，白鸽大嫂夸宝宝长得真漂亮！以后准能找一个好老公。她听后感到无比开心。

福金看着看着电视竟然躺在沙发上睡着了。鸡大婶睡醒一觉起床穿好衣服走进堂屋看福金躺在沙发上睡得正香甜，电视却没有关。鸡大婶慌忙关上电视便拎着竹篮出门去菜园摘芸豆。

卖票女孩坐在小轿车上缓了好大一会儿便下车和福雨一块去前面杨树下看姐姐她对象在没在那儿。当他俩走到杨树下时，福雨打开手电筒一看杨树下有一件黑大褂，人却不知去了哪里。福雨便大声呼喊："牛粪哥，你在哪儿？牛粪哥，你快出来。牛粪哥，内弟想你。"杨树周围却没有人应答。福雨只好照着手电筒邀卖票女孩一块回头去小轿车上休息。

白鸽跟福云唠了大半天嗑儿便起身离开县城妇保院。她走到一家百货商店门口进去买完两把香蕉出来往县城医院走去看生病住院的母亲。

雪人凌晨三点起床洗刷完以后便骑自行车去县城煤矿做工。他骑到一个下坡因注意力不集中便一下子撞到一辆小轿车的后保险杠上，

他瞬间摔到路边麦地旁。

牛粪睡在杨树下被蛇咬伤了左手，他慌忙起身跑去县城医院做包扎。他包扎完左手走到一个路口恰巧遇见白鸽大嫂，白鸽大嫂慌忙停步问："小弟，你现在去哪儿？"他停步回答说："大嫂，我现在想回王湾村。"白鸽大嫂听后从塑料袋里面掏出一把香蕉送给他品尝。他用右手接过香蕉说了一声"谢谢大嫂"便同她道别。

福雨倚靠在小轿车副驾驶座位上睡得正香甜时，车后忽然砰的发出一声响。他一下子被响声吓醒了，他慌忙照着手电筒打开小轿车车门下车看车后到底是咋回事。

白鸽走进母亲住的病房看她正坐在病床上流眼泪。她慌忙走到母亲身边放下香蕉问："娘，你现在怎么哭了？"母亲抬头一看闺女过来便立马擦干眼泪回答说："白鸽，我刚才走出病房下楼散步时竟然碰见你公公，我问他来县城医院检查身体哪个部位？他对我说牛生今天下午被一辆机动三轮车撞伤住院了，他今晚特意来县城医院看看牛生。他让我别给其他人透露，我忍不住朝你说了。你明早回王湾村见到熟人可别说，等牛生养好伤出院回家，咱娘俩一块去他家看他。"她听后紧接着说："娘，我听你的，你当下可要养好身体。"母亲听后笑着说："白鸽，你请放心。"她听后便让母亲赶紧躺下身子睡觉，她随后躺在母亲身边睡得十分香甜。

福雨照着手电筒走到车后一看不知是谁骑一辆自行车撞到了保险杠上便没了人影。他扶起自行车放好，便用手电筒照了一下四周。他忽然看见路边麦地旁躺着一个人，他走到那人跟前一看是雪人大哥。他慌忙把雪人大哥扶起来让他缓缓气，随后一手照着手电筒一手揽着雪人大哥的肩膀带他去附近一条小河边唠嗑儿。

卖票女孩倚靠在小轿车正驾驶座位上睡醒一觉看福雨没在车上，她慌忙打开小轿车车门下车看福雨站在哪儿了。忽然有一个人从她身边跑过，吓得她大声呼喊福雨的乳名，福雨却没有应答。她立马又坐在小轿车正驾驶座位上关紧车门继续睡觉。

牛粪跑到牛生家院门口打开院门走进去一看院子里面有晾晒的玉米没有装袋，他累得筋疲力尽便没有收拾。他打开堂屋门走进去放下香蕉躺在沙发上呼呼睡着了。他夜里做梦梦见福金抱着夭折的儿子去山上看"返景入深林，复照青苔上""月出惊山鸟，时鸣春涧中""明月松间照，清泉石上流"。

雪人走在小河边上对福雨说："小弟，我刚才骑自行车一不留神撞到了你的小轿车后保险杠上，要是有故障，我找人修理。"福雨听后紧接着说："大哥，我吃完晚饭开小轿车拉着你弟妹去县城影院看电影刚走到这里，小轿车一下子出故障不走了，我打算明早找人修理。你刚才骑自行车撞在小轿车后保险杠上摔到路边麦地旁没受伤吧？"雪人听后慌忙说："小弟，我刚才从自行车上摔下来可疼了，多亏你把我扶起来，我现在一点儿也不疼了，谢谢你。"福雨听后立马说："大哥，别客气，你没事就好。咱要不今早一块去附近餐馆吃顿丰盛的早餐。"雪人听后笑着说："小弟，我过会儿得去你的小轿车后面骑自行车去县城煤矿点名发工人饭票，等我以后不上班有空时，再和你一块吃早饭。"福雨听后随即说："好的，大哥。"

村支书凌晨四点起身对牛生说回家有点急事，牛生叮嘱大哥走在路上注意安全，他听后慌忙感谢小弟关心。

福雨送雪人骑自行车离开便回小轿车副驾驶座位上继续睡觉。他睡得迷迷糊糊时，卖票女孩拍了他一下，他睁眼一看天已经亮了。他慌忙邀卖票女孩一块下车去附近早点铺吃早餐，卖票女孩非常乐意地答应了。

福金娘五·十这天吃完早饭便拎着一包酱豆子给福金家送去。她走到福金家院门口恰巧遇见白鸽。白鸽立马停步给她问好，她笑着请

白鸽去福金家坐会儿喝口茶，白鸽慌忙对她说村大队还有一些琐事需要处理，等以后有空再去福金叔家串门，她听后让白鸽赶紧去忙公事，她高高兴兴地走进福金家院门。

卖票女孩吃完一个油饼、喝完一碗玉米面汤便起身和福雨一块离开早点铺。她走在去往小轿车那边的路上问福雨："小福，你半夜下车在外好大一会儿干吗了？"福雨慌忙回答说："美妹，有一辆自行车撞到了我的小轿车后保险杠上，我下车看自行车车主摔伤了没有，他所幸没受伤。"她听后立马夸福雨："小福，你真善良！"福雨听后异常高兴地吻了一下她的脸蛋，她有点害羞地说了一声讨厌鬼。

村支书走到半路上非常疲惫，他走到一棵杨树旁坐下歇息时忽然看见牛粪的黑大褂，他歇息完以后便起身捡起那件黑大褂搭在肩上继续往前赶路。

鸡大婶站在自家菜园的芸豆架前正往竹篮里面摘着芸豆时，忽然有一只黑鸽子飞到她肩上咕咕地叫起来。她让黑鸽子去树上鸣叫，黑鸽子却无动于衷，她只好继续往竹篮里面摘芸豆。

福雨和卖票女孩一块走到小轿车车旁时，他看小轿车的左后轮胎没气了，怪不得小轿车一下子停住了。他慌忙从小轿车后备厢里面拿出打气筒给左后轮胎打气。卖票女孩看他打了一会儿便对他说自个儿也想体验一下，他听后立马把打气筒交给了卖票女孩，卖票女孩打得乐哉乐哉！

村支书走着走着路，一下看见福雨和卖票女孩两个人正站在小轿车前面擦拭玻璃。他走到他们小两口身后停下便咳嗽了一声，福雨和卖票女孩两个人转头一看是村支书便慌忙给他问好。他笑着问："你们俩擦车去哪儿旅游？"福雨慌忙回答说："大伯，我们俩擦车正想去县城公园游玩。"他听后紧接着问："小福，你现在能不能开小轿车先把我送到王湾村村口再去县城公园旅游？"福雨爽快回答说："好的，

大伯。"

福金娘走进福金家堂屋看他躺在了沙发前，嘴边还流有鲜血。她慌忙坐在福金身边放下酱豆子呼喊他的名字，福金却不吱声。她呜呜哭起来。

鸡大婶拎着一竹篮芸豆走到自家院门口时，黑鸽子一下停止叫唤飞进院门。她走进院门听堂屋有哭喊声，她慌忙放下那一竹篮芸豆走进堂屋。

牛粪睡醒一觉看外面已经明天了，他慌忙起身走出堂屋去院子收拾昨天晾晒的玉米。他随后锁好院门去学校对校长说他爷俩辞职不干了，校长听后惊了一下便同意了。

鸡大婶走进堂屋一看婆婆坐在福金身边哭得泣不成声，黑鸽子躺在福金身上吐了好多血便睡着了。她慌忙蹲在婆婆身边劝她别哭了，婆婆忽然起身踢了一下她的右腿说："你这个祸害虫把俺儿气死可好受了。等俺儿入了土，你赶快滚出这个家。"她听后气得起身对婆婆说："你这个老妈妈别不识好人心，你儿生病住院，都是我日日夜夜照顾着他，他现在走了，你可别胡说八道。"婆婆听后扇了一下她的脸说："你这个臭货竟敢说我胡说八道，你以后要是不尽快滚出王湾村，我天天吃完早饭来你家骂你，你别想有安生日子过。"她听后气地跑了出去，婆婆又开始哭起来。

福雨开小轿车开到王湾村村口便停住了，村支书临下小轿车对他说："小福，你现在赶紧开车回家看你爸，他身体不舒服。"他听后紧接着说："大伯，你要不现在别下车了，你随我一块去俺家看看俺爸吧！"村支书听后慌忙说："小福，我现在得回家喂鸡，下午我去你家看他。"他听后便让大伯下小轿车慢点儿走。

牛粪辞完职从学校出来便径直往小河边走去缓口气。他沿着小河边的林荫小道正走着路时，他忽然听见前方不远处有哭声，他慌忙往前跑去看看是谁在哭？

福雨把小轿车开到自家院门口停下来听院门里面有哭声。他慌忙下车跑进堂屋一看奶奶坐在爸身边哭得双眼圈都肿了起来，他立马蹲在奶奶身边劝她别哭了，奶奶却依然哭个不停。

卖票女孩随后走进堂屋一看奶奶哭得撕心裂肺，她立马走到奶奶身边对她说："奶奶，你现在要不止住哭声，我赶明儿不给大叔披麻戴孝，你要觉得好看的话，继续哭吧！"奶奶听后慌忙止住哭声起身握着她的手说："孙媳妇，你赶明儿可得参加俺儿的葬礼，我今后绝不再流一滴泪。"她听后让福雨赶紧开小轿车送奶奶回家休息，顺便喊村支书过来给爸择殡日。

牛粪跑到前面的一棵杨树下看鸡大婶坐在地上呜呜哭个不停，他慌忙蹲在鸡大婶身旁问："大婶，你今天怎么来这儿哭起来了？"鸡大婶哭着回答说："小牛，你大叔今早去天堂了，你奶奶刚才赖我把他儿气死了，她让我以后滚出福家，我真是命苦啊！"他听后惊出一身冷汗紧接着说："大婶，奶奶可能一时受不了才那样说，你可别跟她一般见识，你以后还得娶儿媳妇、抱孙子呢！"鸡大婶听后渐渐止住哭声，他随后起身拉鸡大婶起来便和她一块往她家走去。

牛生吃完早饭躺在床上小憩时做了一个梦，他梦见福金小弟和爹一块坐在北山脚下的槐树下一边抽烟，一边闲谈家中琐事。他醒来时浑身是汗，他打算出院时找福金小弟好好唠上一顿嗑儿。

福雨开车送奶奶到家叮嘱她别想太多，以后还得帮他看孩子，奶奶听后爽快答应，他紧接着同奶奶告别便开车去了村支书家。

牛粪和鸡大婶一块走进她家堂屋时，他看卖票女孩正蹲在福金面前用毛巾给他擦脸，他慌忙走到卖票女孩身边蹲下拍了一下她的肩膀说："小妹，你坐方凳上歇会儿吧！我来帮大叔擦一下脸，等到下午好装殓。"卖票女孩听后转头一看牛粪过来了便慌忙把毛巾递给他。

鸡大婶待牛粪给福金擦完脸便给他穿上了送老衣服，她随后让牛粪和卖票女孩两个人把堂屋里面的东西全都搬进了其他屋。村支书随后跟福雨一块哭着走进堂屋，她劝村支书和福雨别哭了，省得福金在那头不安生。

牛生坐在床上正吃着午饭时，忽然有一只鹦鹉飞到他身前叫起来，他慌忙咀嚼一大口煎饼喂给鹦鹉吃，鹦鹉吃完依然叫个不停。他随后喊值班护士把鹦鹉抱走，鹦鹉自己飞了出去。

村支书哭完便给福金择了殡日，他让鸡大婶一家人六月十四送走福金。

牛粪等村支书给福金择完殡日便对鸡大婶说出去给大叔买棺材，顺便在王湾村饭店订六个菜好和村支书一块吃午饭。鸡大婶听后慌忙让福雨开小轿车拉着牛粪去办那两件事情。

牛粪坐在福雨的小轿车上看自己的黑大褂竟然在他车上，他慌忙问福雨："小弟，你什么时候把我的黑大褂捡起来放在了你车上？"福雨紧接着回答说："牛哥，村支书今天一早在县城医院照顾完你家大伯往王湾村正赶路时，捡到了你的黑大褂。他捡完黑大褂恰巧遇见我正在路边擦车，他随即让我开车送他回了王湾村。他让我以后把黑大褂转交给你，可巧你今天坐在了我的小轿车上。"他听后笑着说："小弟，我昨晚有些大意才把黑大褂落在了杨树下面，幸亏村支书帮我捡起转交给你，不然的话，我装在黑大褂褂兜里面的那一沓钱铁定消失。"福雨听后立马说："万幸，万幸。"……

福云因孩子没有满月便没能参加父亲的葬礼。她三天三夜没有闭眼睡觉，月嫂劝她要注意身体，今后还得照顾家里孩子和亲人。

福雨在爸的棺材下葬时哭得泣不成声，雪人劝他别再哭了，以后好好孝顺鸡大婶和大奶。

福雨自从结完婚便和卖票女孩两个人在县城中心的自家门头房开

起了饺子馆，鸡大婶偶尔在空闲时间去县城儿子家帮忙。

牛粪租车接福云娘俩从县城妇保院回家的第二天便参加乡镇公务员考试，他最终以第二名的好成绩在乡镇正式岗位上班。

福金娘自从儿子去世以后便经常去鸡大婶家院门口骂她一些不中听的话，鸡大婶总是强忍着伤痛继续生活。福金娘在儿子去世的当年冬月也永远离开了人间。

牛生在县城医院住了三个月院便让医生给他取掉身上钢筋出院了。他出院回到家的当晚便去福金小弟家串门，鸡大婶在和他唠嗑儿时只好告诉他福金在农历六月去世了。他听后惊了一下便哇哇大哭起来。鸡大婶劝他别哭了，今后可得注意身体。

牛生在当年腊月初三一早起床去院子的槐树下拿拖把时，他一下子踩在冰块上滑倒了，疼得他起不来身。

鸡大婶在当年腊月初三吃完早饭便去牛生家串门，她走到牛生家院门口停下，敲了好大一会儿院门却没有人开。她慌忙跑去牛粪家喊他过来敲牛生家院门，牛粪敲了好大一会儿院门也没有人开。

鸡大婶只好让牛粪翻墙头进去看看牛生大哥怎么了。牛粪翻墙头进去一看牛生躺在院子的槐树下已经冻僵了，身上还卧有一只冻僵的鹦鹉……

2018.9.20——2019.4.28作于翔宇翼云中学

2020.4.3——2020.8.27修于凫城镇东凫山村

第二篇

——散文篇

小浩别哭

我自从在翔宇翼云中学上班，便对学习成绩优秀的学生超级羡慕。

记得有一回我坐在七一班讲台左侧，监考学生做数学月考测试卷，便只能听见笔尖摩擦卷子发出丝丝振动，像钟摆似的富有节奏感。我看坐在我身前的那位男生做完数学月考测试卷，又从头开始认真检查做完的每一道数学题。我一收完那位男生的数学月考测试卷就问他："帅小伙，你做的数学月考测试卷能不能得满分？"那位男生立刻对我摇摇头。

过了两天以后，当我上完语文晚课回办公室修完课件刚一抬头，竟又看见那位男生正在帮姜老师检查数学作业。我慌忙起身走到那位男生身旁问："帅小伙，我前两天在七一班监考你做的数学月考测试卷得了多少分？"那位男生竟然又对我摇摇头。姜老师慌忙说："宗弟，小浩同学是俺班的数学小霸王，他前两天做的数学月考测试卷得了满分，你老乡真是厉害！"我听后紧接着说："小浩同学，你可不能因这次数学成绩考得好而骄傲自满，咱还得继续努力学习数学，争取以后每次在数学测试中都能得满分，好给班级增添光彩。"那位男生听后笑着说："宗老师，我今后一定会尽力而为，决不给班级抹黑。"……

我在清明节那天吃早饭时问爸爸："爸，你认不认识咱村小浩？"

爸爸回答说："新新，小浩是咱村学霸的儿子，咱村学霸不务正业，他十年前撇下老婆孩子离家出走了。小浩从小在他外公家长大，我前几天骑电动车去咱村小卖部买东西恰巧碰见他外公，他外公说小浩在翔宇翼云中学学习不孬。小浩的学习成绩在级部中怎么样？"我听后立刻说："爸，小浩的学习成绩在级部中能排到前十名。"爸爸听后紧接着说："小浩这娃真是优秀！"

爸爸在清明节那天上午拎瓜果鲜花带我去山上祭奠已故亲人。我走在去往祭奠亲人的路上，看田里的油菜花尽情摇摆婀娜的身躯，六只小燕子在山脚下的杨槐树上放声歌唱，一对小蜜蜂在我额头前来回穿梭。爸爸带我来到奶奶坟前时，慌忙蹲下把瓜果鲜花摆在奶奶坟前的石头上。爸爸随后对奶奶说："娘，你老人家住在山上绿树林里请放心，我和你孙子当下没给你老人家丢脸。"爸爸说完便喊我一块在奶奶坟前磕了六个头……

我和爸爸一块从山上下来走到一户人家门口时，我们爷俩恰巧遇见小浩骑电动车也途经那户人家门口。小浩慌忙刹住闸、关上电说："宗大爷，宗老师，你们爷俩现在去我外公家坐会儿喝口茶再回家吧！"爸爸听后紧接着说："小浩，我现在回家还有点事，今天我就不去你外公家做客了，要不你现在骑电动车带你宗老师去你外公家做客吧！"小浩随后骑电动车带我去他外公家做客。

我和小浩两个人一走进他外公家堂屋，就看屋里有四位老人正在打麻将，小浩慌忙请我去二楼客厅落座。我刚坐在二楼客厅的沙发上时，小浩慌忙从冰箱里拿出一瓶饮料送给我品尝，紧接着从书橱里拿出一个文件夹坐在我身旁，随后拿出一沓试卷递给我看。我看小浩把每一张试卷都做得工工整整没有错误。我看完那沓试卷便立刻称赞："小浩同学，你能认真完成各科老师给你布置的任务，真是太棒了！"谁知我的话音刚一落地，忽然从二楼客厅外面走进来一位大姐坐在小

浩身边，继而笑着对我说："宗老师，我作为小浩的家长欢迎你在百忙之中来俺家做客，俺家小浩在学校里表现的怎么样？"我听后立刻说："大姐，小浩在各科老师的课堂上都积极踊跃回答问题，他的学习成绩能排到级部前十名，他以后准能考上枣庄三中正榜。"大姐听后慌忙说："宗老师，小浩以后在学校里还需你多多费心。小浩他爸在他五岁的时候就离家出走了，他到现在还没回来；我平时在外面打工比较忙，也就不能精心照顾小浩。"大姐一说完就起身走出二楼客厅。

小浩听大姐说完竟然呜呜哭起来。我慌忙揽着小浩的肩膀说："小浩别哭，你作为家里顶梁柱，今后还得努力学习报答大姐和所有恩人。"

小浩听我说完，渐渐止住哭声……

2015年4月12日

祖姥姥走了

　　祖姥姥在去年冬季的一天早晨，步行去菜店买完煎饼，正往家走着路时，祖姥姥的右脚一下子踩在香蕉皮上滑倒了。幸亏邻居大伯从祖姥姥身边经过把她扶了起来，邻居大伯紧接着背祖姥姥回家了。

　　邻居大伯把祖姥姥一背进堂屋就把她放在了沙发上，他慌忙去外婆家向她汇报祖姥姥出门滑倒不能走路了。外婆听邻居大伯那么一说，她慌忙给舅舅打电话告诉他祖姥姥出门滑倒摔得很严重。舅舅听外婆那么一说，他立马去领导办公室请假回乡下老家看祖姥姥。

　　舅舅一走进祖姥姥家堂屋，外婆就让舅舅赶紧背祖姥姥去村医院做检查。舅舅把祖姥姥背到村医院以后，医生给祖姥姥拍了一个片子。片子结果一出来，医生慌忙对舅舅说："大兄弟，老人家的左腿胯骨摔断了，她的左腰踝骨也摔碎了，老人家需要动手术，但家里人要是不同意给她动手术的话，老人家只能瘫痪在床了。"舅舅听医生说完慌忙感谢大哥善意的提醒，随后便去候诊室把祖姥姥的伤势和医生的见解给外婆说了一下。外婆听后对舅舅说："大孩，你奶奶现在年纪大了，咱别让医生给她动手术了，你现在把你奶奶背回家让她躺在床上好好休养吧！"舅舅听外婆说完紧接着去骨科病房背祖姥姥回家了。

　　祖姥姥躺在床上不能动弹，外婆、妈妈、姨姨、舅舅轮换伺候祖姥姥。祖姥姥在外婆家一过完新年就对舅舅提出想去老年公寓生活，舅舅跟外婆商量了一下，他娘俩在正月十六一早租车送祖姥姥去了老年公寓。

我经常周六一早坐公交车去老年公寓看祖姥姥。祖姥姥每次看我过去看她便问我："大新，你在翔宇翼云中学工作得怎么样？"我紧接着对祖姥姥说："祖姥姥，我在翔宇翼云中学工作得很好，您请放心。"……

元旦即将到了，我打算一放假，就去老年公寓陪祖姥姥唠嗑儿。妈妈在毛泽东诞辰一百二十四周年那天晚上忽然给我打电话，我在山亭银山小区租住房接通电话时，妈妈在电话里面吞吞吐吐地对我说："儿子，你…祖姥姥…驾…鹤走了。"我听妈妈说完便呜呜大哭起来。

时至今日，我还是觉得祖姥姥在老年公寓在等我看她。

2017年12月30日

赏月怀念从前时光

一

我在凫城中心校就读小学时，妈妈偶尔在我吃着晚饭时哼唱《十五的月亮》。每当我听她哼唱完《十五的月亮》时，我慌忙跑出屋门去院中仰望月亮。我看月儿圆圆真夺目，真是让我好羡慕。

二

我在翔宇翼云中学就读初中时，记得英语老师在一节晚自习课上把我喊出教室让我背诵英语课文。由于我背英语课文背得不流利，所以我被英语老师罚去操场上跑了三圈步。当我在操场上跑完三圈步时，累得我躺在操场草坪上小憩。当我睁开双眼时，我看一轮圆月光彩夺目，这让我不由地吟诵起一首唐诗："昨夜圆非今夜圆，却疑圆处减婵娟。一年十二度圆缺，能得几多时少年。"

三

我在枣师就读师范时，记得有一晚我从枣师图书馆出来抬头打了一个哈欠。我一下看见一轮圆月光彩夺目，古人一些咏月的佳句便在我耳畔回响起来："举头望明月，低头思故乡""海上生明月，天涯共此时""但愿人长久，千里共婵娟""明月松间照，清泉石上流""举杯邀明月，对影成三人"……

2018 年 9 月 24 日

辉哥称赞小男孩

辉哥周六上午在县城住房干完家务，便出门去新城集贸市场南面的公交站牌等301公交回乡下老家看爸妈。

辉哥上了301公交一投完纸币就去最后一排座位坐了下来，紧接着从裤兜里面掏出手机开始打开网页浏览电子书。过了一会儿，301公交拐过一个急弯停下来时，便从车门外面走上来一位提包小男孩，他上了301公交一投完纸币就去最后一排座位紧挨辉哥坐了下来。小男孩看辉哥看手机看得很投入，他慌忙从手提包里面掏出一本故事书津津有味地阅读起来。又过了一会儿，301公交行驶到供电局门口停下来时，便从车门外面走上来一位年轻大叔，他上了301公交一投完纸币也去最后一排座位紧挨辉哥坐了下来。年轻大叔看小男孩抬头打哈欠时，他忍不住问道："小帅哥，你现在坐301公交干吗去？"他笑着回答说："帅叔叔，我今天早晨从家坐301公交去县城书法老师家跟他学写了四个小时毛笔字，现在我坐车回家吃饭。"年轻大叔听后紧接着又问："小帅哥，你跟你书法老师学写毛笔字有多长时间了？"小男孩紧接着回答说："帅叔叔，我自从五岁就每周六中午跟俺书法老师学写四个小时毛笔字，现在我已经学写三年毛笔字了。"他听后慌忙说："小帅哥，你以后还得继续努力跟你书法老师学写毛笔字，争取早日成为书法家。"他听后立刻说："谢谢帅叔叔指点。"

辉哥听小男孩说完抬头往左看他的两只小手上还沾有墨汁。于是辉哥问小男孩："小可爱，你的手提包里面装没装今天跟你书法老师学写的毛笔字？"小男孩听后便慌忙从手提包里面掏出四张他今天跟书法老师学写的毛笔字给辉哥看，辉哥看完小男孩写得"大""太""天""美"以后便立刻称赞道："小可爱，你今天书写得毛笔字真漂亮！你以后准能成为一位书法家。"小男孩听后紧接着说："大哥，我今后还得再接再厉跟俺书法老师学写毛笔字，争取以后不辜负你对我的一片期望。"辉哥听后慌忙说："小弟一定能说到做到。"小男孩听后立刻说："谢谢大哥给我鼓励。"

辉哥说完话便一下子回想起自个儿曾在小学四年级的一次书法课上写完毛笔字拉课桌时，不小心把放在课本上的墨汁瓶给颠倒了。后位女生去讲台前上交完书法作业正好从辉哥桌旁经过，墨汁一下子全流在后位女生右脚穿的那只体操鞋上。辉哥慌忙给后位女生赔礼道歉，后位女生却气得直跺脚并让辉哥赔一双新体操鞋，否则的话，后位女生说去辉哥家捉鸡逮鸭。辉哥听后只好答应了后位女生提出的要求。从那以后，辉哥没有再练写一张毛笔字，以至于辉哥现在的毛笔字水平还不如一个八岁小男孩。

辉哥打算明天回到县城买一支毛笔、买一瓶墨汁、买一本毛笔字字帖、买一沓毛笔字专用纸，以后从翔宇翼云中学下班回到家好再练写一下毛笔字，切实提高自个儿的毛笔字水平。

小男孩起身要下301公交时便把今天跟书法老师学写得那四张毛笔字全都送给了辉哥，辉哥对小男孩说了声谢谢便小心翼翼地把那四张毛笔字折叠好放进了衣袋里……

辉哥周一下午第四节课在七十一班开班会之前，便把小男孩前天送自个儿的那四张毛笔字给班里同学展示了一下。班里同学看完那四张毛笔字都异口同声地说："辉哥写得毛笔字真漂亮！"辉哥听后紧接

着对班里同学说："同学们，这四张毛笔字是我前天坐301公交时，一位坐在我身边的八岁小男孩临下车前送给我的。"班里同学听后立刻都怔住了……

2018年10月16日

迟到都怨自己

我今天早晨在租住房一吃完早饭，就匆忙骑电动车去翔宇翼云中学上班。当我骑电动车来到学校指纹机旁停下来正准备在指纹机上签到时，我一看指纹机上的时钟已显示七点四十六分。唉！我今天早晨来学校上班又迟到一分钟，这让我无比懊恼。

翔宇翼云中学校长曾在全体教师会上不止一次地提及道："各位伙伴们，咱学校有极少数老师经常早晨押着时间点在学校指纹机上签到，你们就不能早起一会儿洗漱吃饭，好慢点儿骑电动车来学校上班，避免出现意外情况吗？"每当我听校长说完这话时，我立刻觉得他是在善意的提醒我要早起、早洗漱、早吃饭、早来学校签到上班。

我自打小学入学那天起，我吃饭就比别人慢半拍。发小经常早晨去祖姥姥家喊我一块去上学，他有时看我吃饭太慢便催我快点儿吃。祖姥姥有时早晨看我吃饭太慢也催我快点儿吃，好早进学校教室读书。

我在翔宇翼云中学就读初中时，我的吃饭速度依然很慢。班主任老师有时早晨走进餐厅站在我身边看我吃饭实在太慢，他也催我快点儿吃，好早去教室里面学习。

我的生活节奏提速的时候便是在枣师就读期间的每一天。那时我清早五点准时在宿舍起床去操场上跑步（特殊天气、周末、假期除外），我在操场上跑完十圈步以后便回宿舍洗漱，我在宿舍一洗漱完就匆忙跑进餐厅吃早饭，我在餐厅一吃完早饭就一路小跑去087教室背诗听课，我在087教室听完四节文化课一放学就匆忙跑进餐厅吃午饭，我在餐厅吃完午饭忙回宿舍休息，我在宿舍休息完起床又一路小跑去087教室做各科作业，我在087教室做完各科作业便去礼堂练习诗文朗诵，我在礼堂练完诗文朗诵紧接着又匆忙跑进餐厅吃晚饭，我在餐厅吃完晚饭忙去087教室温习功课，或去图书馆读书看报，偶尔去礼堂参加文艺演出。我在枣师度过了五年充实时光，这让我的人生非同寻常。

我从枣师毕业以后，姨姨送我去山亭青少年素质培训中心干了两个月辅导班，我每天都按时间点吃饭上下班，我切实感受到了上班的艰辛。

我已经在翔宇翼云中学上了五年班了，我每每吃完早饭骑电动车来到学校指纹机旁时，我基本都能按校长规定的时间范围在指纹机上签到。记得有一天早晨，我在租住房一吃完早饭，就匆忙骑电动车去翔宇翼云中学上班。当我骑电动车来到学校指纹机旁停下来正准备在指纹机上签到时，我万万没想到校长一下子走到我身边对我说："小宗，你早晨又不送孩子，你就不能早起、早洗漱、早吃饭、早来学校签到上班吗？"我听校长说完无言以对，我的脸瞬间羞得通红。我自打校长当面批评完我以后，我每周周天至周四（假期除外）都在临睡前提醒自己明早一定得早起、早洗漱、早吃饭、早去学校签到上班，以防迟到。

一个人拥有时间观念很重要，我以前只因时间观念不强便浪费许多宝贵时间。我现在对自己下了一个决心——只要我早晨去学校上班迟到就不能吃午饭。那我今天迟到便只能自愿自挨了。

2018年12月20日

如果有一天

翔宇翼云中学教务处主任今早八点专门去学校监控室，安排我九点到八四班考场监考七年级学生做语文期末测试卷。当我九点走进八四班考场，刚开始走动监考七年级学生做语文期末测试卷时，我看见四位七年级学生正在写考场作文，他们写的考场作文片段如下：

一号同学写：如果有一天我能当上电影明星，我会赚大把票子，在首都购买别墅和豪车，继而再找一个优秀对象，我每年都会抽出六个月时间带她去周游全世界，我俩好真正感受世间奇异的风景。

二号同学写：如果有一天我买彩票中了五百万，我会在县城最繁华地段买下三套门头房开超市，那样我就能解决很多人就业，真真切切服务于人民。

三号同学写：如果有一天我能登上太空光顾美丽的星球——月球，首先我要把身上携带的五星红旗插在月球上，然后我用相机拍摄多张探月照片，最后我临离开月球时抛下一粒樱桃种子，我希望有一天樱桃种子能够生根发芽并结出多个篮球大的樱桃。

四号同学写：如果有一天我能去外国一些顶尖中学做演讲，我一定会把翔宇翼云中学师生所取得的各项荣誉传播出去，好让外国一些优秀中学生来翔宇翼云中学做客。

当我十点一刻挨个收完八四班考场的七年级学生做的语文期末测

试卷时，我紧接着在八四班的前黑板上写道："如果有一天……美好的想象数以万计，亲爱的同学们，我们以后还是一步一个台阶地向上攀登吧！"

2019年1月17日

母子撑起这个家

锋锋在三·八妇女节这天下午在翔宇工地下班以后，他开奔驰车去超市买东西回家看母亲。

锋锋的父亲在他十二岁那年因患重病离开人世，那时他家欠亲戚邻居一屁股债。锋锋的母亲在老伴下葬完当晚对他说："儿子，咱家虽然现在贫穷，但咱娘俩一定得在生活上振作起来，咱可不能让亲戚邻居看咱家笑话。"他听母亲说完便用手擦擦泪说："娘，我赶明儿一早就去县城打工挣钱。"母亲只好点头同意了。

锋锋第二天一早起床就怀揣三块钱坐公共汽车去县城打工挣钱。他在县城汽车站一下公共汽车就去电话亭给远房表哥打电话说："大哥，我现在想和你一样在江北绿城工地上开吊车做工，你能不能教我一下开吊车？"远房表哥听他说完便慌忙说："小弟，你要想开吊车必须得先去技校学习拿到吊车驾驶证，否则的话，人家开发商不敢用你，恐怕出现意外情况。"他听后紧接着说："大哥，我爹患病刚刚离世，家里欠下一屁股债，我娘实在是拿不出钱让我去技校学习开吊车，求求你教我一下开吊车吧！"远房表哥听他那么一说便让他去江北绿城工地门口见他。

锋锋跑到江北绿城工地门口一见到远房表哥就亲切握手问好。远房表哥立马请远房表弟去他所开的那辆吊车车头里看他开吊车。过了两天以后，远房表哥趁上厕所的空让远房表弟开吊车做工。于是远房表弟第一次坐在吊车驾驶员位置上开起吊车做工了。当远房表哥从厕所出来走到远房表弟所开的吊车车前时，远房表哥万万没想到开发商老总正站在那里打电话，远房表哥等他打完电话便慌忙给他问好，他一看远房表哥没开吊车做工便慌忙问："小弟，你今天怎么没开我给你安排的这辆吊车做工？"远房表哥紧接着说："大哥，俺表弟前几天特意来江北绿城工地上跟我学开吊车，我这不趁上厕所的空让他开吊车尝试一下做工，看看俺表弟以后是不是开吊车的料？大哥，敬请谅解，我这就让他停下来作业。"他听远房表哥说完惊了一下，他紧接着拍了一下远房表哥的肩膀说："小弟，我看你表弟开吊车做工做得很好，我想明早六点从江北绿城工地门口带他去翔宇工地开吊车做工，你觉得妥不妥？"远房表哥听他说完便立刻说："大哥，那我明早六点让俺表弟在江北绿城工地门口等着你。"他听远房表哥那么一说便高兴地点点头……

锋锋从奔驰车副驾驶座位上拎两包东西打开车门走下车，打了两个喷嚏，他随后关上车门走进家门，看母亲正站在院子的无花果树下拿着砖头垒第四个鸡窝，他慌忙跑进堂屋放下那两包东西，紧接着跑出堂屋去母亲身边帮她打下手。母亲问他："儿子，你今天下午回家有什么要紧事？"他笑着说："娘，我今天下午在翔宇工地下班特意开车去超市买东西回家来给你过三·八妇女节。"母亲听他说完激动地流下了眼泪……

锋锋自从父亲离世便和母亲一块内外打拼，他娘俩一直打拼到还上亲戚邻居的债才露出开心的笑容。锋锋和母亲两个人共同撑起的这个家既很普通，又特别伟大。

2019年3月9日

我在学校监控室上班

　　我在翔宇翼云中学上班的第十个学期，校长安排我去学校监控室观看各年级学生上课时的表现，这让我感到无比荣幸。

　　七年级的学生在三个级部中表现最好，每个班学生都能坐在位上认真听各科老师讲课并积极回答问题。七二班英语老师有一天在上课时尝试让一位男生去讲台上讲解第一单元3a里面的语法，那位男生竟然不害怕，他一五一十地讲了出来。校长听完那节英语课紧接着在召开全体教师会时，他对七二班英语老师在课堂上的做法大加赞扬。其他七年级老师听校长表扬完七二班英语老师以后，也开始在上课时尝试让一些学生去讲台上一展身手，七年级学生的学习热情更加高涨了。

　　九年级的学生在三个级部中表现中等，每个班有约百分之九十五的学生能坐在位上认真听各科老师讲课，每个班有约百分之五的学生坐在位上和同桌小声嘀咕，在意的老师让小声说话的学生站起来听课，不在意的老师任由小声说话的学生在他们的课堂上充当小鬼子。九年级十班有一位女生真是胆大包天！她有一天在化学课上竟然优哉游哉地吃东西，她吃完东西用纸擦一下嘴、喝两口茶，她随后从桌洞里面掏出一本课外书看起来，她在那一堂化学课学习生活的真是惬意！

　　八年级的学生在三个级部中表现不好，重点班有约百分之九十的学生能坐在位上专心听各科老师讲课，约百分之十的学生却坐在位上不专心听各科老师讲课，他们一会儿用手转铅笔，一会儿用嘴叼胶布，一会儿往窗外瞅一眼；强化班有约百分之八十的学生能坐在位上认真听各科老师讲课，约百分之二十的学生却坐在位上不认真听各科老师讲课。记得周二下午第二节课，八六班数学老师站在讲台上讲解不等式的解集时，八六班那些不认真听讲的学生竟然转头和后面学生说话说得特别尽兴。校长曾在全体教师会上多次说过："课堂是教学质量的主阵地，谁驾驭不好课堂，学生的成绩一定会一塌糊涂。"

　　翔宇翼云中学的普通老师若想成为一名优秀老师，一定得在平时上课时管理教育好学生。你们只有做到位了，翔宇翼云中学的明天才能熠熠生辉。

2019年3月16日

第三篇

——

日记篇

祖姥姥教导我

我即将奔赴枣师就读时，舅舅有一天开车回乡下老家接祖姥姥去县城他家照看孩子，祖姥姥在临上车之前交代我到了枣师可得用功读书，将来好谋一份好工作。

祖姥姥到了县城舅舅家有些受拘束，她每天只能等舅舅小两口去上班，等孩子熟睡时，才能安心地去舅舅家的阳台边抽旱烟。祖姥姥在抽旱烟时，经常看见楼下小广场上有三三两两的老人正悠然自得地说话唠嗑儿，她便心生羡慕。祖姥姥盼孩子快点上学，那样她就能回乡下老家串门了。

我在枣师就读期间每每回家很难碰到祖姥姥，我不知她在县城舅舅家生活得怎么样？

记得我在枣师就读期间回家过第三个国庆节时，我在国庆节那天一吃完午饭就骑电动车去外婆家帮她切山楂干。过了一会儿，祖姥姥竟然从县城来外婆家了。我看她的身体有点消瘦，便慌忙问道："祖姥姥，你老人家最近在县城舅舅家生活得怎么样？"祖姥姥笑着说："不错，不缺吃，不愁穿。"我听她那么一说便放心许多。

舅舅家的孩子一入托儿所，祖姥姥便回乡下老家愉快生活。

我从枣师毕业一回到家就帮妈妈掐起花椒，我今天上午终于帮妈妈掐完花椒了。我在家吃完午饭便骑电动车去祖姥姥家看她。祖姥姥一见到我便问："大新，你现在找到工作了吗？"我听后回答说："祖姥姥，我现在还没有找到工作。"祖姥姥紧接着教导我说："大新，你赶明儿得抓紧时间去县城找工作，好了了我的心事。"我听后慌忙说："祖姥姥，我赶明儿就去县城找工作，您请放心。"……

2013年7月3日

偶见老同学

　　我今天下午帮七二班班主任护送他班学生刚走出校门时，我右脚一下子踩在西瓜皮上滑倒了。七二班两位女生慌忙把我扶坐在路边木桩上让我缓口气。当我缓过神来正想起身从裤兜掏出手机看微信时，忽然有人在我身后拍了一下我的左肩膀，我转过头一看，竟然是老同学，我慌忙起身给他握手问好，老同学紧接着问我："小弟，你当下在哪儿工作？"我笑着说："大哥，我当下在翔宇翼云中学工作，你今天下午来翔宇翼云中学校门口迎接哪位美女老师回家？"老同学听后慌忙说："小弟，俺弟弟当下在翔宇翼云中学就读八年级，我刚才下班回到家时，妈妈吩咐我来翔宇翼云中学校门口接他。当我走到你身后时，我以为你是俺弟弟，所以我拍了你一下，我已经有很长时间没见小弟你了，你现在混得蛮不错。"我听老同学说完紧接着说："大哥，我今后还需努力学习教师编资料，争取早日考上教师编。"老同学听后随即笑着说："小弟以后一定能够实现这个目标。"我听后立刻说："借大哥吉言，一定能实现。"……

2014年5月9日

南瓜熟了

我今天下午从翔宇翼云中学一下班，就开车去外婆家陪她唠嗑儿。

祖姥姥没走时，我很少去外婆家，因为外婆不如祖姥姥对我好。记得我在三岁那年冬季的一天吃完早饭时，祖姥姥左手拎着一卷弹好的棉花和两块花布，右手领着我的左手去外婆家求她给我缝制开裆棉裤。外婆坐在堂屋沙发上看见祖姥姥一手提着弹好的棉花和花布，一手牵着我的左手走进她家院门时，她慌忙起身走出堂屋说："我可不给外姓家的孩子缝开裆棉裤，要缝你当祖姥姥的给缝吧！"祖姥姥听后便慌忙背着我回家了。祖姥姥一回到家就开始动手给我缝制开裆棉裤。祖姥姥给我缝制完开裆棉裤让我试穿时，我穿在身上非常别扭，祖姥姥让我赶紧把开裆棉裤脱掉再穿上厚毛裤。祖姥姥当天晚上便拎着开裆棉裤又领我去外婆家求她给我改制开裆棉裤……

祖姥姥在前年冬季的一天早晨步行去菜店买完煎饼，正往家走着路时，祖姥姥的右脚一下子踩在香蕉皮上滑倒了，导致祖姥姥躺在床上不能动弹。外婆在十一月初六那天租车拉祖姥姥去她家生活，我经常周五下午从翔宇翼云中学一下班就开车去外婆家陪祖姥姥唠嗑儿。

祖姥姥每次一见我便慌忙对我说："大新，你姥娘①今天又给我做可口的排骨汤喝了。"我每次听祖姥姥说完便对外婆越来越有好感了。

当我下车走进外婆家院门时，我看外婆正坐在堂屋门口缝补衣服。蹲在外婆身边的小黑狗忽然汪汪叫起来，外婆慌忙抬头看，我慌忙给外婆打招呼，外婆慌忙起身请我进屋喝茶。当我坐在堂屋沙发上喝完一口茶水时，外婆笑着问我："大新，你当下在翔宇翼云中学工作得怎么样？"我笑着回答说："姥娘，我当下在翔宇翼云中学工作得很顺利。"外婆听后紧接着说："大新，你今后还得继续努力做好本职工作。"我听后便慌忙说："姥娘，我今后一定会按你刚刚所说的那样去工作。"外婆听后非常开心。

外婆随后邀我骑三轮车带她去祖姥姥家院子摘南瓜，我很爽快地答应了。

当我走进祖姥姥家院门时，我看南瓜秧已经枯黄了，十五个小南瓜静静地躺在院子里，我一边帮外婆摘南瓜，一边止不住地掉眼泪……

2018年10月26日

---

① 姥娘：当地方言，外婆的意思。

展望2019

阳历2018即将在日历上消失,我将以最饱满的热情迎接阳历2019的到来。

习主席在阳历2019前夕的致辞中,他说我们都在努力奔跑,我们都是追梦人。

身为翔宇翼云中学一名老师,我心怀有一天能成为一名作家的梦想。

翔宇翼云中学的同仁和同学们,阳历2019马上就要来临了,咱们撸起袖子继续努力奋斗吧!

2018年12月31日

真的好想你

我今天清早在翔宇翼云中学操场上正跑步时，学校广播室忽然播放出一首《真的好想你》。当我听完《真的好想你》时，我非常想念祖姥姥。

记得去年整个腊月，我每天晚上都在临睡前拿着我用手机给祖姥姥拍的最后一张照片对她说："祖姥姥，您老人家生活在天堂里可得好好吃饭、安心睡觉，我在翔宇翼云中学工作得很好，您请放心。"

转眼之间，今天又到寒冬腊月了，我和祖姥姥虽然生活在不一样的世界里，但我永远不会忘记她。

2019年1月6日

第四篇

——诗歌、随笔篇

枣师再见

我与您相逢在金秋的九月，秋风送爽，硕果飘香

我在您的怀抱里开始一段不平凡的生活

我把汗水倾洒在会场上，操场上，印有枣师字样的作业本和试
卷上

枣师，是孕育老师的地方

您在辉煌过后却变得黯淡无光

宿舍内，扑克打得震耳欲聋

教室里，手机玩得惊天动地

您只能望眼欲穿

泪水止不住地浸湿眼角

我在您的怀抱里生活五年

我每一天都在逐步成长

当同学在教室拍手叫好，老师在教室赞不绝口，校长在教室竖起
拇指

当风筝在操场飞上云端，足球在操场来回穿梭，铁饼在操场抛出
弧线

当歌声在文艺会上婉转悠扬，朗诵在文艺会上跌宕起伏，舞蹈在文艺会上优雅自在，小品在文艺会上耐人寻味，魔术在文艺会上扣人心弦

我的五年青春时光在您怀里收藏

我得去追随明天的梦想

枣师，再见，我永远也不会忘记您

是您，给我的人生增光添彩

让我，永远记住您的教导

2013年7月4日

父爱伴我成长

爸爸在除夕早晨一起床就去厨房给我做早饭。我在除夕早晨起床洗漱完便坐在餐桌前，津津有味地喝爸爸给我精心熬制的羊肉汤。爸爸看我高高兴兴地吃完早饭，爸爸便忙着洗刷碗筷、打扫卫生。我看爸爸擦门挺辛苦，我主动拿抹布帮爸爸擦每一扇门的窗玻璃；我看爸爸拖地挺辛苦，我主动拿拖把帮爸爸拖每一间房的白瓷砖。爸爸打扫完卫生紧接着去厨房面缸前舀一瓢面倒进一口砂锅里，爸爸随即往面上加一点凉水便把砂锅放在煤气灶上开始打灶火熬制糨糊。爸爸熬好糨糊关上灶火紧接着去堂屋拿春联，爸爸在堂屋把春联裁剪完放进簸箕里端到堂屋门口搁下来，爸爸紧接着又去厨房把砂锅也端到堂屋门口搁下来，爸爸继而用左手把砂锅里的糨糊一点点地抹在春联背面，爸爸随后指挥我把春联张贴到家里的每一扇门上，床头上，衣柜上，面缸上，鸡窝上，车牌上，香台上，压水井上，大门口槐树上。我在爸爸的指挥下张贴完各个地方的春联时，爸爸紧接着去堂屋拿出一挂大地红鞭炮放在院中让我点响。爸爸等大地红鞭炮噼里啪啦响完以后便去厨房给我做午饭，我坐在餐桌前狼吞虎咽地吃完爸爸包煮好的韭菜馅水饺便去发小家闲谈唠嗑……

我前天晚上陪爸爸喝守岁酒时，爸爸脸上便洋溢着灿烂的笑容。爸爸喝干第一杯酒时，他脸微红地对我说："我祝愿儿子在新的一年里

身体健康。"爸爸喝干第二杯酒时，他脸泛红地对我说："我希望儿子在新的一年里万事如意。"爸爸喝干第三杯酒时，他脸涨红地对我说："儿子永远是我的贴心小棉袄，我看好你明年能在翔宇翼云中学取得更加优异的教学成绩。"……

不知不觉中，我现在已经年满二十二周岁，父爱一直伴我茁壮成长，我今后一定不能辜负爸爸对我的期望。

2015年2月20日

简述成长经历

因为爸妈工作繁忙，所以我在刚满月时就被他俩送到祖姥姥家生活。我在祖姥姥的精心呵护下便茁壮成长。

我在凫城中心校就读小学时，爸妈经常周六一早拎许多零食和玩具回祖姥姥家看我。我每次见到爸妈都高兴地向他俩汇报我语文数学又考了双百，爸妈每次听我一说完就兴奋地给我鼓掌。

小学六年一晃而过，爸爸送我去翔宇翼云中学参加新生入学考试。我十分幸运地进入到翔宇翼云中学重点班读书。

我在翔宇翼云中学重点班的学习压力非常大。记得数学老师曾经在上课时当着全班同学的面宣读我的数学月考成绩位于班级倒数第一，惹得其他同学哈哈大笑。我在当时特别难受，一种自卑感便油然而生。

从那之后，我在翔宇翼云中学没有静下心来好好读书，导致中考成绩很不理想。

爸爸在我即将去枣师就读时，他送我一摞《特别关注》让我阅读，我从阅读《特别关注》中学到很多知识。

我在枣师就读期间酷爱阅读经典书籍和经典杂志。我在枣师图书馆乐此不疲地读过:《平凡的世界》《骆驼祥子》《随想录》《边城》《假如给我三天光明》《昆虫记》《读者》《意林》《散文选刊》《知识窗》

《人生与伴侣》……我从阅读经典书籍和经典杂志中汲取更多知识和智慧，从而为我写好文章打下了坚实的基础。

我从枣师毕业半年以后便进入翔宇翼云中学教书育人。每当我周末休息去祖姥姥家陪她唠嗑时，祖姥姥总是叮嘱我一定得在翔宇翼云中学干好工作，将来好有大的作为；每当我周末休息回到家和爸妈交流工作时，爸妈总是叮嘱我一定得在翔宇翼云中学处好领导和同事之间的关系，一定得在翔宇翼云中学上好所教班级学生的语文课，切实提高所教班级学生的语文成绩。

我在翔宇翼云中学已经工作一年了。我在同事的悉心指导帮助下取得过耀眼的语文教学成绩，但我有时因教学经验不足也有过黯淡的语文教学成绩。我总是暗暗对自己说："胜不骄，败不馁"。

2015 年 3 月 22 日

启蒙教导学生

启蒙进入大学报到那天，老爸中午在启蒙宿舍嘱咐道："儿子，咱在就读大学期间可得努力读书，你以后走出校门好应聘工作立足于社会。"启蒙听后立刻拍拍自个儿的胸脯对老爸说："爸，既然我能考进这所大学读书，我一定不会让你失望。"……

启蒙刚进大学读书没多久，舍友有一天晚上特邀启蒙打牌放松一下，启蒙自从那晚陪同舍友打完牌以后，便整天和他们厮混在一起，打牌打得不亦乐乎。启蒙大学毕业走出校门应聘各项工作屡屡碰壁时，才后悔自个儿在就读大学期间没有用心读书实属不应该。

启蒙因应聘不上工作而蹲在家发愁时，老爸建议启蒙先努力考一个高中教师资格证，继而好考各大县城的教师编。启蒙听老爸那么一说便开始夜以继日地学习教育教学理论，最终稳稳地拿到一个高中教师资格证。启蒙一拿完高中教师资格证就开始准备各大县城的教师编考试，每次考教师编的笔试成绩都差两三分进入面试。于是启蒙便花钱去墨贤辅导班听名师讲解教育学、教育心理学和公共基础。启蒙今年暑假在山亭教师编考试中发挥得异常出色，继而进入了山亭教师编面试。于是启蒙又拼尽全力地准备山亭教师编面试，最终以综合分第二名的成绩考进翔宇翼云中学任教，启蒙因而光荣地成为翔宇翼云中学第一批在编教师。

启蒙走进翔宇翼云中学正式上班的第一天早晨便去校长室请求尽快给自个儿安排工作岗位。校长笑着对启蒙说:"小伙子,我今天下午抽时间去学校接待室安排你代哪班课和班主任,你到时候可得好好工作,咱好体现人生价值。"启蒙听校长说完紧接着说:"校长先生,我大学毕业没多久便考进翔宇翼云中学来上班了,你今天下午能不安排我当班主任吗?"校长听启蒙说完便立刻说:"小伙子,你既然没干过班主任,那更得当班主任锻炼才干,以后好成为一名优秀教师。"启蒙听校长说完便笑着说:"校长先生,既然你今天下午去学校接待室安排我当班主任,那我就听从你安排。"校长听启蒙说完紧接着又对他说:"小伙子,我建议你今天上午可以任意去某个班听一堂数学课学习一下老教师的教学流程,你明天好给班里学生上课。"启蒙听后说了声"谢谢校长指教"便走出校长室。

启蒙上午走进七五班教室,坐在图书架前听了一堂数学课。启蒙看七五班数学老师站在讲台上讲单项式和多项式时,七五班学生都全神贯注用耳倾听;七五班数学老师在最后十分钟让七五班学生做数学训练案时,七五班学生都一心一意认真做题。启蒙在下课铃声打响以后便走动看七五班学生做的数学训练案。启蒙看七五班学生做的数学训练案没有错误,便当场说道:"七五班同学做的数学训练案真是棒!"七五班学生听启蒙说完都很高兴。

校长下午第二节课抱一摞数学资料去学校接待室安排启蒙代八二班数学课和八二班班主任。启蒙每天(周末、考试、假期除外)上午都一丝不苟地给八二班学生讲课并让八二班学生认真做数学训练案,每天下午在小自习时间走进八二班教室挨个批阅八二班学生做完的数学训练案时,启蒙看八二班学生总是把每道证明题的步骤写得缺斤少两,于是苦口婆心地劝说八二班学生今后在做数学训练案上的证明题时一定得细心。

　　八二班最近三天有五名男生总是在启蒙讲课时趴在课桌上打瞌睡。启蒙在周四第三节晚课，便把八二班那五名男生叫到了办公室，启蒙在办公室语重心长地对他们说："各位小精灵，你们当下在学校里不努力读书，你们以后凭啥立足于社会？"……

2018年11月4日